黄波戸井ショウリ
illust チーコ
JN132215
DEMAND
1
技巧貸与のとりかえし
〈スキル・レンダー〉
"SKILL LENDER"
Get Back His Pride
トイチって最初に言ったよな?
Before I started lending, I told you
this loan charges 10% interest every 10 days, right?

CONTENTS

"SKILL LENDER" Get Back His Pride

Before I started lending,
I told you this loan charges 10% interest every 10days, right?

DEMAND 1

「二つ、質問があります。よろしいですか」
「なんだい?」
コエ
Skill
Unique
【技巧貸与《スキル・レンダー》】のアシスト機能

S級パーティ『神銀の剣』
ゴードン
Skill
Unique
【黒曜】
…肉体を硬質化・
重量化する能力
Common
【腕力強化】
【瞬足】etc.
マージ
Skill
Unique
【技巧貸与《スキル・レンダー》】
…覚えたスキルを他人に貸す能力
Common
パーティメンバーに貸与中
ティーナ
Skill
Unique
【天使の白翼】
…あらゆる傷を
治癒する能力
Common
【範囲強化】
【持続時間延長】etc.
アルトラ
Skill
Unique
【剣聖】
…神速の剣技を
操る能力
Common
【斬撃強化】
【鷹の目】etc.

技巧貸与《スキル・レンダー》のとりかえし 1

～トイチって最初に言ったよな？～

黄波戸井ショウリ

OVERLAP

イラスト／チーコ

序　章

"SKILL LENDER"
Get Back His Pride

Before I started lending,
I told you this loan charges 10%
interest every 10days,
right?

1．スキル貸しのマージ

神速の剣技スキル【剣聖】を軸に、それを強化する【斬撃強化】【鷹《たか》の目】など数多《あまた》のスキルを有する剛剣士アルトラ。

知恵のスキル【古《いにしえ》の叡智《えいち》】により古代魔術を習得し、【高速詠唱】【魔力自動回復】で実戦使用を可能にした魔術の才媛エリア。

硬質化スキル【黒曜】による鉄壁の守りと、【腕力強化】【瞬足】などによる高機動を両立したかつての王宮門番ゴードン。

治癒スキル【天使の白翼】を【範囲強化】【持続時間延長】などで死者蘇生《そせい》すら可能な域まで高めた癒やしの聖女ティーナ。

それぞれが強力なユニークスキルに、それとシナジーを発揮する多数のスキルを有する。奇跡の産物とすら呼ばれるS級パーティ『神銀の剣』の中では、俺はなるほど凡庸と言わざるをえないだろう。

俺が持つスキルは【技巧貸与《スキル・レンダー》】、ただひとつだけ。正確にはもっとあるのだが、このスキルで仲間たちに全て貸し出しているため手元には残っていない。

「マージはどうした？」

「まだグズグズやってるよ。ったく、スキルひとつ覚えるのにどれだけかかってんだ」

ドアの向こうからゴードンとアルトラの声がする。

スキルを覚えるには知識と訓練——有り体に言えば勉強——が必要であり、そのために勉強部屋と称して俺だけ宿屋で別室があてがわれるようになってはや三年。最初は普通の部屋だったのが、最近は物置部屋ばかりになっている。

おかげで壁もドアも薄いから廊下の立ち話が丸聞こえだ。そうするうちに、さらに二人分の足音が近づいてきてドアの前で止まった。おそらくティーナとエリアだろう。

「どうかしたんですか？」

「廊下は寒い。立ち話するメリットが不明」

「マージの奴《やつ》のせいだよ。今度のダンジョンの『王』攻略で使うスキルを覚えるとか言って、いつまでもグズグズグズグズ……」

アルトラが愚痴るが、これから向かうダンジョンの情報に鑑みれば必須のスキルばかりだ。誰もその重要性を理解する気がないだけで。

「なあ、そろそろいいんじゃないだろうか？　マージ程度が覚えられるスキルを借りても、もう仕方ないだろう」

「同意。エリアたちは十分にスキルを持っている。これ以上、自分の身も守れない人員を連れ回してもデメリットが過大」

「そうですね……。彼も一生懸命なのは分かりますが、やはり才能の差は如何《いかん》ともし難いかと」

その後も会話は続くが、出てくるのは『マージはもういらない』という言葉ばかりだった。

「潮時、なのかな」

運命の分かれ道は三年前、アルトラの独断専行でA級ダンジョンに突入した時だったろう。無策で挑むにはあまりに無謀だったが、敵が直前の地震で負傷していたなどの幸運が重なって攻略できてしまった。それを実力と思い込んだアルトラたちはそれ以来三年間、俺の言うことをまともに聞こうとしない。

だが同時に、厳然たる才能の差があるのも否定できない事実。次のダンジョン攻略を終えたらわずかだけど報奨金も分配されるだろうし、俺はスキルだけ置いて潔く身を引くべきかもしれない。小さな覚悟を決めて、俺は物置部屋のドアを開けた。

「……終わった。それぞれ貸し出すから受け取ってくれ」

「遅えよ」

「次は気をつけるから。【技巧貸与《スキル・レンダー》】、起動」

【貸与処理を開始します。貸与先と貸与スキルを選んでください】

誰からも感謝や労《ねぎら》いの言葉はない。食事も摂《と》らずに覚えた一二のスキルを全て明け渡し、俺は食堂へ向かった。

鍋には、薄めたスープに四日前のパンを浸したものが入っていた。

◆◆◆

スキルの習得は、水車を回すことに似ている。

チョロチョロと水が流れていたところで巨大な水車は動かない。ある程度の水量があってようやく動き出し、水量が増えるに従ってその回転を増してゆく。

スキルも同じだ。スキルポイントと呼ばれる数値があり、訓練で【1,000】を超えるとスキルとして発現する。その後はスキルを使用することでポイントが増え、それに応じて効果も大きくなってゆく。極限までポイントを高めた暁には上位スキルへ変化することもあるという。

そうした普通《コモン》のスキルと別に、八歳から十二歳くらいで独自《ユニーク》のスキルを発現する者がまれにいる。

そういったスキルは他にない性能や特性をそなえていることがあり、ことさらに強力なものは強豪パーティや研究機関から引く手数多。八歳の少女に会いに来た超名門ギルドのマスターが、その場でナプキンに契約書を書いて確保しようとした、なんて話も聞いている。その子は断ったそうだけど。

俺の【技巧貸与《スキル・レンダー》】もそんなユニークスキルのひとつだ。効果は『持っているスキルを他人に貸せる』こと。

　スキルを覚えるのは自前な上、覚えても活《い》かせるのは他人だけの不遇スキルだ。だってそうだろう、例えば【斬撃強化】を覚えて剣を振れば最低限の威力は出るが、【剣聖】のアルトラに【斬撃強化】を貸せば何十倍も強いのだから。ナプキン契約書どころか会いに来たお偉方が苦笑いして帰っていった思い出しかない。

　それでも努力を積んでたくさんスキルを覚えて、適材適所で貸し出せばパーティには貢献できるはず。そう思って必死にやってきた。このS級パーティ『神銀の剣』に誘われたのも、当時は同じユニークスキル持ちとして交流のあったアルトラにスキル【鷹の目】を貸したのがきっかけだったはずだ。

「【剣聖】を発動する。巻き込まれるなよお前ら！　特にマージ、テメェは地面に這《は》いつくばったまま動くな！　動いたら構わず殺す！」

　もっとも当時から神童と持て囃《はや》されていたアルトラにとっては、便利なスキル倉庫でしかなかったのかもしれないけれど。今では俺がどんなスキルを覚えて貸しているのかすら聞こうとしない。

「この辺が邪魔にならないと予想する。敵から身を守れないのはこの際仕方ないが、せめて味方の邪魔をしない努力を要求」

「……分かった」

　エリアに言われるがまま彼女の足元で地面に伏せ、なるべく頭を低くする。魔物の体液を吸った泥が全身に絡みついて悪臭が鼻をつく。

「【剣聖】、起動！」

アルトラの剣が輝き、洞窟内を閃光《せんこう》が駆け巡った。道を埋め尽くしていた菌類型の魔物が断末魔を上げることもなく両断されてゆく。頭上を掠《かす》める剣筋は、俺が少しでも頭を上げたら本当に首を飛ばすという意思表示か。

「【剣聖】、ね……」

動体視力を上げる【鷹の目】など俺が貸したスキルも色々使っているはずだが、それを口に出したことは記憶にある限り一度もない。

やがて通路から人間以外の動くものがなくなったのを満足げに確かめて、アルトラは俺を蹴飛ばした。

「おい、いつまで寝てんだグズ！　さっさと先に行くぞ！　クソ、荷物にもドロ付けやがって。荷物持ちも満足にできねえのか」

「おいおい汚ないな。近寄らないでくれよ」

「もう、そんなこと言ったら可哀想《かわいそう》ですよ。……仕方ないじゃないですか、ある程度は近くにいないとスキル貸し出しの効果が出ないんですから」

ゴードンとティーナが露骨に距離を取る。四人の後ろ、【技巧貸与《スキル・レンダー》】の効果が弱まらないギリギリを歩きながら俺はダンジョンを進んでゆく。前では俺などいないものとして四人の会話が弾んでいるようだ。

「しっかし、最凶ダンジョンなんて言う割に全然大したことねえな。これがS級殺しの異名をとる『魔の来たる深淵《しんえん》』か？」

「同意。魔物は数が多いだけで強さは中の下といったところ。時折トラップも見かけるが効果はほとんどない」

「おれたちがそれだけ強いのだろう。ティーナの【天使の白翼】も働いているようだしな」

「そんな、私の力なんて大したことは……」

そう、大したことはない。

この階層は猛毒に満ちている。魔物は全身から毒気を放ち、トラップは毒霧を噴出して冒険者の身体《からだ》を蝕《むしば》み自由を奪う。

ここ『魔の来たる深淵』ではそうして多くの強者《つわもの》たちが散っていった。そんな地獄から生還した先人が少しずつ知識を蓄積し、有効な対策スキルをひとつひとつ見出《みいだ》していったのだ。

俺がそれに従って習得したスキルを貸し出しているからこそ、前の四人は悠々と歩けているに過ぎない。

「……なんて言っても仕方ないんだろうな」

十中八九、夕食のパンが四日前のものから十日前のものになるだけだろう。ダンジョンで仲間割れをしている時間なんてそれこそ無駄だ。

だから俺は彼らの傍《そば》を離れられない。昨夜貸したばかりのスキルは当然【1,000】のまま。

俺との距離が空いて少しでも弱まれば効果が消えてしまう。

「おいおい、後ろを見ろよ。マージのビビり方やべえぞ」

「大目に見てやれ。突っつかれたら死ぬんだからな。くく……」

つまりあと三歩、俺が遠ざかったらああして笑っているアルトラとゴードンは毒気を吸って昏倒《こんとう》するということだ。無意味だからやらないが。

聞こえよがしに笑っているのを無視して進むうち、前方の面々の足が止まった。分岐点に差し掛かったらしい。アルトラは舌打ちしながら俺に振り返る。

「おいマージ、どっちだ！　そういうスキルねえのか！」

「【斥候の直感】スキルを貸してある。罠《わな》の待っている方が分かるはずだ」

「は？　なんだそりゃ」

「前々回のダンジョンで自動生成の可能性があってその時に……」

「渡しゃいいってもんじゃねえだろうが！　説明サボりやがって、適当な仕事してんじゃねえぞ！　一人のサボりがどんだけ迷惑かけるかまだ分かんねえのか!!」

説明なら当然した。聞き流しているだろうと思ってもした。

アルトラは、何も理解するつもりはないが自分が蚊帳《かや》の外にいるのは耐え難いタイプのリーダーだ。だからダンジョン攻略に必要なスキルはほとんど彼に集まっているし、その中身も効果も彼は理解していない。

それでも顔を真っ赤にした彼が「聞いていない」と言ったのなら、俺が言っていないのである。

「悪かった。反省している」

「あああああ!?　テメェそれ何回目だ!?　反省してるって言うだけなら鸚鵡《おうむ》でもできんだろうが！　改善をしろっつってんだカ・イ・ゼ・ンをよ!!」

仮に百回目だとしたら、うち百回がアルトラたちの聞き逃しなのだが。ツバを吐き散らして怒鳴る彼にそれを言っても時間を無為にするだけだ。

「……本当にすまない。この通りだ」

おとなしく頭を下げる。ここで言い争っていても何も生まれないし、こうするまで何も変わらない。

「クソ、この遅れはお前の責任だからな。分配から引いておく」

「……分かった」

もともと一割もない分配率からさらに引かれるとなれば、もう雀《すずめ》の涙だろう。これで仕舞いにするつもりのところに厳しいが……。今ここで反論しても結果は目に見えている。地上に戻るまでにアルトラの機嫌が直ることを祈るしかない。

俺に頭を上げろとも言わず、アルトラは分岐路に目を凝らした。

「【斥候の直感】、起動。……んん？　こりゃあ……」

「説明を要求。何が見えた？」

「右に行った先に扉だ。デカいぞ」

勝手にズンズン進むアルトラに遅れないようついていくと、言葉通り巨大な石扉に突き当たった。大理石に似た石で重厚に作られた扉には蛇……いや、龍だ。龍のレリーフが施されている。

この威容。すでに進んだ距離からしてもダンジョンのボスたる『王』の部屋で間違いない。先人たちの知恵を最大限に活用すれば、誰一人欠けることなくここまで来られる。それが証明されただけでも過去に散っていった者たちの死は無駄じゃなかった。

「オレ様の勘が正しければ、こいつが『王』の部屋だ」

「む、もうか。意外に早かったな」

「ですねぇ」

誰一人、そのことを理解している者はここにいないけれど。

「よし、作戦を説明する。マージ！」

予想外の呼び出しに思わず反応が遅れた。いつもなら、「隅っこで床に這いつくばってろ」だけが俺への指示なのに。

「さてマージ、ここはどこだ？」

「『魔の来たる深淵』の最深部だが」

質問の意図を読めないまま、率直に答える。

「いくらお前でもそんくらいは理解してるか。そんなお前に一番槍《やり》の名誉をやろうと思う」

「一番槍」

一番槍。

……一番槍？

「俺に、『王』の間に突っ込めと？」

「それ以外にあるかよ」

「意味が分からない。そんなことをしてどうなる」

ハァー、とアルトラは深い深い溜息《ためいき》をついた。

「お前、ほんっと鈍いな」

「……ギルド規則の第十七条から逃れるため、ってことはないよな？」

「なんだ、分かってるじゃねえか」

さも当然のように言い放つアルトラにめまいを覚えつつ、俺はギルド規則に関する記憶を呼び起こす。

冒険者の世界にもルールが存在する。中でもギルド連盟が定めたものは権威が強く、S級パーティであっても容易に無視はできない。

その最終第十七条。

『パーティメンバーが脱退する場合には、年数に応じた退職金を支払うべし』

「マージ、お前ってウチで何年目だっけ？」

「七年目に入ったところだ」

「七年目からゴリッと上がるんだわ、退職金が」

危険な冒険者稼業をそれだけ続けたのだから、相応の報酬があるべき。そういう意図なのだから当たり前だ。

だとしても。だからといって。こんなことが許されていいものか。

「ゴードン、エリア、ティーナ。皆も同じ意見なのか」

残る三人に問いかけてみるが、その返答にはあまりにも熱がない。

「リーダーの決定だからな」

「右に同じ」

「私は反対したんですよよ？　でも、多数決なので……」

多数決で六年間を共にした人間を切り捨てられるのか。

切り捨てられてしまうほどに、俺のやったことは無価値だったとお前らは言うのか。

「本気なのか。俺がいなくなれば、皆のスキルは……」

「いいかマージ。無能を飼っておくのは借金と同じなんだ」

「借、金？」

「いるだけでどんどん損をする。年が経《た》つほどに損が大きくなる。まさに借金だろ。俺たちは『魔の来たる深淵』のクリアを機に、真のＳ級パーティとして生まれ変わりたいんだ」

「俺は、借金か」

「そうだよ」

ずっと耐えてきた。理不尽なことはあっても俺がS級パーティにいられるだけ幸せだと思おうとした。社会のためにもこのパーティの活躍を支えてきたはずだった。

それが、マイナスだったと言う。俺の存在はマイナスだったと言う。

「てなわけだから、ちゃっちゃと死んでくれや。再来週からはお前の代わりに一流の錬金術師サマが入ることになってっから。きちんと給料分の成果を出せる、な！」

「……分かった」

「よろしい」

「ただし、その前に」

もう、いい。

俺は、このパーティで最初で最後の頼み事をすることにした。

「貸したスキルを返してくれ」

俺の言葉にアルトラは「はあ？」と眉をひそめる。この六年で何度も目にした、相手を心の底から見下していると一目で分かる顔。俺は感情を抑えつつ続ける。

「俺が死ねば、どうせ貸したスキルポイントは無効になる。その前にスキルを返して欲しいんだ。お前らだって、俺が瞬殺されるよりは『王』に少しでもダメージを与えた方が得だろう？」

「いや、無理だから。お前にスキルが返ってきても傷つけるとか無理だから！　夢見んな！」

だが、まあいいや、とアルトラはヘラヘラと笑ってみせた。

「どこまでやれるか見てやるよ。で、どうやるんだ？」

「俺の言葉に『返す』と返事をするだけでいい。【技巧貸与《スキル・レンダー》】、起動」

スキルを発動させ、その言葉を口にする。

「【全てを返せ】」

「返してやるよ」

「返そう」

「返す」

「返します」

全員の意思表示に反応して、頭の中に『声』がした。俺にしか聞こえないこの声は【技巧貸与《スキル・レンダー》】の補助機能のようなもの。貸し出し、回収などの処理をアシストしてくれ、多数のスキルを貸している俺にとっては必要不可欠な存在だ。

声質としては若い大人の女性、が近いと思う。

【返済処理が承認されました。処理を開始します】

声はそこでいったん途切れた。スキルの数が多いだけあって時間もかかるらしい。この間に、俺が話すべきことを話しておこう。

「これで貸したスキルは返してもらうことになるが……。利息のことは分かっているの

か？　いわゆるトイチ、十日で一割の高利だ」

「あん？　そういや昔に言ってたなそんなこと」

アルトラはぼんやりした顔をしている。最初はこまめに返してくれていたが、次第に借りっぱなしが増えるにつれて利息のことも頭から抜け落ちたのだろう。

「エリアは記憶している。だが問題はない」

要領を得ないアルトラに代わってエリアが前に出た。知恵のスキルを持つ者特有の、深い蒼《あお》に輝く瞳が俺をじっと見つめている。

「借りた中で最も古いスキルは六年前。スキルポイント【1,000】から始めて、十日ごとに一割、つまり【100】が加算される。六年間でそれが二百十九回だから、元本と合わせると【22,900】のスキルポイント返済が必要。決して小さい数ではないが――」

エリアはピッ、と人差し指を立てた。

「例えば私の【高速詠唱】のスキルポイントは【1,212,000】。返済しても【1,189,100】残る。戦闘継続には十分。中には消滅するスキルもあるだろうが、それはすなわち多用しないスキルであり緊急性は低いと判断可能」

エリアに続いてゴードンとティーナも進み出た。

「マージ、お前に抜けてもらうことにした段階でその辺りも計算済みなんだ。最後に一矢報いるつもりだったのかもしれないが……悪いな。俺たちはもう、お前程度じゃかすり傷も負わせられないところにいるんだよ」

「無念なのは分かりますが、どうか穏やかに……」

　なんとも勝手極まりないことを言っている。だがそんなことはどうでもいい。

　こいつらは、大きな計算ミスをしている。

「エリア」

「何か」

「俺のスキルの利息計算は、単利でなく複利式だ」

「タンリ、フクリ……？」

　全員が何を言っているか分からないという顔になった。四人が四人とも知らないのは不勉強に過ぎる気もするが……。

「単利というのは、さっきエリアがやった計算だ。十日ごとに元本の一割が足されてゆく」

「疑問。複利は違うのか」

「複利式は、増えた分の利息が元本に加算される」

　元が【1,000】なら十日後には【1,100】になる。ここまでは単利と同じだが、次の十日後には【1,100】に一割増えて【1,210】になる。そう説明するとアルトラが「ハッ」と鼻で笑った。

「たったの【10】差かよ。みみっちいこと言ってねえでさっさと『王』とご対面しな。おっと、荷物は置いていけよ」

「ほら、さっさと下ろすんだ。時間稼ぎは見苦しいぞ」

「神よ、才覚に恵まれなかった彼に魂の安寧を……」

ゴードンが俺の装備と持たされていた荷物を引き剝がす。形ばかりのお祈りを捧《ささ》げているティーナの横では、エリアがぶつぶつと小さく呟《つぶや》いている。

「一年で【32,421】……二年で【1,051,153】……!?」

エリアの澄ました顔が少しずつ青ざめてゆく。さすが【古《いにしえ》の叡智《えいち》】を持つ天才魔術師、仕組みさえ理解すれば計算は速いようだ。

肝心のアルトラの耳には届いていないが。八歳から神童と謳《うた》われた剛剣士はニヤニヤ笑いを浮かべて俺の後ろに回り込むと、背中を思い切り蹴飛ばして扉へと押し込んだ。

「オラ、行けッ！」

石扉が挑戦者を招き入れるように開き、俺は中へと転がり込んだ。エリアが「待って」と口を動かすのが見えたが冷たい石扉は容赦なく閉じてゆく。

扉が閉まり切る間際、稀代《きたい》の天才魔術師に向けて俺は唇の動きでこれだけ伝えた。

「もう遅い」

【処理が完了しました。スキル名：【鷹《たか》の目】　債務者：アルトラ】
【実質技利 116,144,339,696％での回収を開始します】

「ぐっ……」

扉に押し込まれた直後、俺の身体《からだ》に四人分のスキルが流れ込んできた。一番古いアルトラの【鷹の目】に始まり、貸しっぱなしになっていたスキル群が文字通り桁違いのスキルポイントを伴って俺へと返ってくる。

衝撃すら感じるほどの圧倒的数値。頭が破裂するが如《ごと》き痛みに意識が遠のく。口元に感じた生温かさに手で触れると、べっとりと赤いものがついていた。

「が、は……！」

【安全機構を起動します】

その声を最後にほんの一瞬の暗黒。

気がつくと、俺は真っ白い空間に立っていた。

「ここは……」

濃い乳に満たされた杯の底にいるかのような異様。服を着ていないことに驚きはしたが、不思議と寒さも心細さも感じない。

【保護領域への移動を確認しました】

「保護、領域？　俺はどこかに移動したのか？」

聞きなれない言葉に首を捻《ひね》る。文献で目にした空間転移スキルのようなものだろうか。

【いいえ。貴方《あなた》の座標に変更はございません。スキルの情報量が膨大であり脳に損傷の恐れがあったため、意識のみを安全な領域へと保護しました】

「それって俺の脳みそは？」

【いったん破裂して原形を失いますが、高度の治癒系スキルにより修復されます。お気になさらず】

「気になるが」

脳がグチャグチャに壊れたのに意識がそのまま、というのが逆に怖い。

「それにしても会話ができたんだな。てっきり一方的に喋《しゃべ》るだけの機械のようなものと思っていたよ」

【人格は設定されておりますので。肉体はありませんが】

設定されている、ということは設定した誰かがいるということだ。それが何者かは、尋ねても答えは返ってこなかった。

【まもなく返済処理が完了します。脳の修復が済み次第、貴方は覚醒します】

【貴方が日々積み上げた研鑽《けんさん》が、これからの未来を明るく照らしてくれますように】

「……見ていてくれたんだな」

S級パーティにいても、誰も俺のやっていることを見てなどいなかった。必死に考えて、積み上げて、練り上げてきたものに気づく人などいなかった。いないと思っていた。

でもどうやら、その人は意外に近くにいたようだ。

【見ていました。誰よりも近くから。誰一人気づかずとも、貴方の目を通して私は見ていました。貴方が奪われ続けた年月が正しき力となること。それが私の望みです】

「最後に教えてくれ。君に名前は？」

【ただ単に、『コエ』と】

「いい名前だ」

借り物でギラギラと着飾っただけの人間はもう見飽きた。このくらい素朴で飾り気がないほうが、今は心地よい。

次第に意識が薄れてゆく。現実へ戻るのだろう。

【破損器官の修復が完了しました。脳神経系との同期、ヨシ。覚醒に入ります。覚醒に入ります。覚醒に入ります。それに伴い——】

【貸与スキル全種の回収が完了しました】

◆◆◆

ダンジョン『魔の来たる深淵《しんえん》』最奥、石扉前。

オレ、アルトラ＝カーマンシーはこれから英雄となる。ここは難攻不落として知られる『魔の来たる深淵』。過去に多くの冒険者たちが挑み、その攻略拠点が街となってもまだ最奥の『王』を倒すに至らないＳ級ダンジョン。オレは今、そんな魔境に終止符を打った偉大な男になろうといるのだ。

その余興としてマージのささやかな抵抗を見送ったオレに、エリアが青ざめた顔で何やら訴えかけている。

「アルトラに意見具申。至急突入を」

「突入ゥ？」

この扉の向こうではマージがバラバラの肉片にされているはず。そこに突入しろとは、まさか今になって情でも湧いたのか。

「なァに言ってんだエリア。あんなの助けてどうすんだ」

「否定。救助ではない。殺害を、一刻も早い殺害を強く推奨」

ますますわけが分からない。どうせすぐに死ぬのをなぜわざわざ殺さないといけないのか。前々からエリアは何を考えているのか分からないところはあったが、今日はいつも以上に言っていることがおかしい。

「いいかエリア、お前は頭がいい。知恵のスキルだもんな。でもな、世の中にゃ常識ってもんがあるのよ。分かるか？　じょ・う・し・き？」

オレの言葉にゴードンとティーナも頷《うなず》く。

「マージなら魔物が肉片も残さず殺してくれるとも。焦ることはないだろう」

「そうですよ。一刻も早く殺害なんて、そんな残酷なこと言っちゃいけません」

三人に諭されても食い下がるエリア。その額に、焦りの汗とはどこか違う汗が浮かんだ。

「否、否、りそ……く……が……！」

「なん……だ……!?」

視界が反転した。息ができない。強烈な耳鳴りが頭を揺さぶり、手足が痺《しび》れ地面に膝をつく。この感じ。生命が吸われていく感覚は久しく忘れていたが……。

「ど、く……!?」

「【天使の白翼】が……きか……な……」

エリア、ティーナ、ゴードンと次々に倒れて泥にまみれる中、オレも意識を失った。

◆◆◆

「……ん」

『保護領域』から意識を取り戻し、俺は周りを見渡す。現実にはほんの一瞬の出来事だったらしい。頭——コエ、と名乗った彼女によれば破裂して修復されたらしい——に痛みはなく、口元を濡《ぬ》らしていた血もすでに消えている。

扉の向こうには大理石の空間が広がっていた。壁のところどころに埋まった天然の夜光石だけが、青白くぼんやりと辺りを照らしている。

ここはダンジョンの王がおわす場所。その姿は、暗闇の向こうに溶け込んで未《いま》だ見通せない。

「そうだ、スキルは」

スキルの回収は完了していた。俺が六年間で習得してきた数々のスキルは俺の中へと返ってきている。いや、返ってきているだけじゃない。大量のポイントを得たことで、ほとんどのスキルが次々に進化を遂げていた。


【斬撃強化】が【亜空断裂】へ進化しました。

【鷹の目】が【神眼駆動】へ進化しました。

【高速詠唱】が【詠唱破却】へ進化しました。

【魔力自動回復】が【無尽の魔泉】へ進化しました。

【腕力強化】が【剛腕無双】へ進化しました。

【剛腕無双】が【阿修羅《あしゅら》の六腕】へ進化しました。

【瞬足】が【空間跳躍】へ進化しました。

【範囲強化】が【超域化】へ進化しました。

【超域化】が【森羅万掌】へ進化しました。

【持続時間強化】が【星霜】へ進化しました。

その他、多数のスキルが自分の中で力強く、あるいは歯車が噛《か》み合うように機能しているのが感覚で分かった。スキルの源とも言われるマナの流れすら感じ取れるほどだ。

「耐毒系スキルも返ってきてるな。この階層の毒気だと、耐性がなければ数分ともたない」

溶血毒耐性、痺毒《ひどく》耐性、狂毒耐性……取り返した各種耐性スキルも有効であることを確認し、まずは自分の置かれた状況を知るべく知覚系スキルを起動する。

「【神眼駆動】【斥候の直感】、起動」

視覚を強化するスキルと、見えないものを見通すスキル。そこには確かなシナジーがある。俺の視界が明るく開けてゆき、周りを取り囲む空間の全貌が描き出された。

「玉座……？」

大理石を彫り抜いて建造された、ここは広大な玉座の間。多くの冒険者たちが夢見た『魔の来たる深淵』の最深部。

荘厳なる地下建築のその中央、凝縮された力の気配を【神眼駆動】が捉えた。大きい。いや、長い。

「蛇龍ヴリトラ、か」

古い文献に記述された姿そのままだ。曰《いわ》く、武器でも素手でも、魔術でも神蹟《しんせき》でも、そして昼にも夜にも殺せないと定められた白き邪龍。それだけの力を持ちながらも軽々に襲って来ないのが王たる魔物の威厳か。

「なるほどな。猛毒に満ちたダンジョンで、棲息《せいそく》する魔物も毒に秀でる。アルトラたちのように何も知らず踏み込めば千種、万種の毒に倒れる」

ならばと知恵をこらして毒に対策して進めば、最後に待つのは殺しても死なない最強の龍種。なかなか悪意のある造りをしている。

だが倒さねばダンジョン攻略は終わらない。今の所持スキルがあれば金を稼ぐのもわけはないが、先立つものとしてまとまった現金は欲しいところ。攻略報奨金を捨てる理由はない。

【警告します。非常に危険度の高い敵性生物です】

コエさんの警告が頭に響く。一度きちんと会話したからだろうか、今までよりも距離が近く感じる。

「大丈夫だよ」

答えた直後、ヴリトラの気配が小さく揺らいだ。

「――ッ」

音は無かった。【神眼駆動】で強化された動体視力が捉えたのは、音速に等しい速さで迫りくる白い巨体。剝《む》き出しの牙からは毒気が絶え間なく吹き出す。

「【空間跳躍】、起動」

自分の座標をずらし牙を空振りさせる。空間を移動した先に、それを察知したヴリトラの尾が唸《うな》りを上げて振り下ろされた。

「【阿修羅の六腕】、起動」

ゴッ、と。猛烈な重低音とともに衝撃が伝わる。不可視の六本の腕が尾を受け止め、そのまま巨体ごと広間の反対側へ放り投げた。並の魔物なら決して無傷ではないはずだが……やはり殺せずの龍。何のこともなくこちらに敵意を向けている。

「コモンスキルだと有効打には欠ける、か」

だが問題はない。今、ひとつの処理が完了した。

【貸与した全スキルの回収及び最適化処理を完了しました。次段階に移ってよろしいですか?】

「ああ、頼む」

先程、俺は貸していたスキルを全て回収した。

だが、貸したスキルのポイントは最大116,144,339,696%の利息になど到底届いていない。

ならば、債権を回収するために次の標的となるものは決まっている。

【ユニークスキルのスキルポイントを差し押さえ、債権額に充当します】

独自《ユニーク》のスキル。八歳から十二歳ほどで目覚めることのある、唯一無二の性能を持つ『自分だけのスキル』。通常は自由に習得できるものではない。ないが、【技巧貸与《スキル・レンダー》】の前ではこれすらも取り立てるべきスキルポイントの塊だ。

「一日に二度も脳を破裂させることはないな。ここは一つで十分だ」

【差し押さえるスキルを選択してください】

ユニークスキルはそれを持つ者にとって代名詞とも言える存在。その有無で人生すら決まるものだ。こと冒険者である『神銀の剣』メンバーにとっては、いっそ生命そのものと言っても過言ではないが――。

「借りたら返す。当たり前だ」

【スキルが選択されました。処理を実行します】

債務者エリアより【古《いにしえ》の叡智《えいち》】を差し押さえました。

【古の叡智】は【神代《かみよ》の唄】へ進化しました。

【債務者エリアの全スキルのポイントが下限の【-999,999,999】に到達しました。現時点で回収可能なスキルポイントは以上です】

【以後完済するまで、スキルポイントを獲得するごとに全額を自動で差し押さえます】

「【神代《かみよ》の唄】、起動」

右手をヴリトラに向け、意識を集中。使用するスキルを選択する。

【神代《かみよ》の唄】は知恵のスキル。こと魔術に関する知識に限り、人が生まれ出《い》ずる前の神代まで遡って『識《し》る』ことができる。

「冥氷術《メイヒョウ》『コキュートス』を習得。【詠唱破却】により即時発動。【無尽の魔泉】により魔力消費を無効化」

そしてこれは、昔ある人から教わったことだが。

「加えて【斬撃強化】の上位スキル、【亜空断裂】を起動」

スキルはシナジーで選ぶもの、だ。

「――【断氷刃《だんひょうじん》】、放て」

不可視の斬撃が空間を蹂躙《じゅうりん》する。ヴリトラの剛鱗《ごうりん》を切り裂き、その肉体は散り散りになって辺り一面に転がった。不滅の龍はなおも死なず、その肉片は即座に再生を始めようと動き始める。

直後、全ての肉片が七つの次元を跨《また》いで凍り付いた。

「……恐ろしい生命力だな」

手近に落ちていた牙の一本を拾い上げてみて、なおもわずかに脈動する生命力に舌を巻く。幾百もの肉片となり千年は続く冷気で凍りついて、それでもヴリトラは死んでいない。殺せずの龍という通り名に偽りはなかったようだ。

だが、再生能力は封じた。

「【空間跳躍】、再起動。スキルの有効範囲を【範囲強化】の上位スキル【森羅万掌】で拡大」

俺が『世界』として認識できる範囲全てが対象となる。頭に思い描くのは世界の果て。

俺たちが『空』と呼ぶ蒼《あお》い天井の更に上、星の海とも呼ばれる、そこは無限の暗黒。

「跳べ」

ヴリトラの肉片が、全て消えた。

【対象の移転先はどちらに？】

「空の向こう、かな。氷が溶けるまでおよそ千年。そこから互いに引き合って復活するまでさらに千年。その間はダンジョンの主としての役目は果たせないはず。もうこの洞窟も崩れ始めてるよ」

ダンジョンにおいて『王』は頂点であり要石だ。その力が広大な地下迷宮を育て、維持することでダンジョンは成立している。失われれば魔物やトラップが無効化されてダンジョンは崩落し、それが攻略の証《あかし》にもなる仕組みだ。

あとはギルドに連絡して、道が塞がる前にアイテムや鉱石の採集をさせればそこから報奨金が出る。扉の前にいるアルトラたちは毒でしばらく動けないだろうが……採掘隊に見つけてもらうまで転がっていれば助かるだろう。

「王の素材も手に入れたし、じゃあ地上に……ん？」

ヴリトラの毒牙を慎重に保管し、上へ向かおうとしたところで【斥候の直感】に感があった。

【どうされましたか】

「まだ、何かいる」

ヴリトラよりは遥《はる》かに小さいが、質は決して劣らない『何か』。危険はないと見て広間の奥へと歩を進める。

冷気が満ち、しんと静まり返った大理石の空間。その奥に隠されるように置いてあったのは、光沢のある白い球状の物体だった。

「卵か。ヴリトラの」

神に等しい強さと生命力を持つといえどヴリトラも生物。卵がある理屈は分かるが……実際に目にした者がいたという話は寡聞にして知らない。

一抱えほどのそれに手を伸ばし、そっと持ち上げてみる。凍りついてはいるがそこは殺せずの龍。氷を溶かせばいずれ孵《かえ》るはずだ。

【破壊すれば孵化《ふか》は阻止できると考えます。いかがしますか】

「……いや、ちょうどいい」

星の海まで飛ばしたヴリトラは二千年以上は無害のはずだが、裏を返せば二千年後に危機がやってくる。その時、人への復讐《ふくしゅうしん》心に駆られたヴリトラを食い止める術《すべ》がある保証はない。

「ヴリトラを止められるとすればヴリトラだ」

ヴリトラが飼いならせるかは分からない。だが幼生から正しく育てれば可能性はあるはず。

「俺が育ててみる。反対するか？」

【いいえ。貴方《あなた》の選択に、私は敬意と興味を示します】

「……そんなことを言ってもらえたのは初めてだよ。ありがとう」

【料理系スキルの起動を中止します】

「気遣いもありがとう。中止して早く」

破壊、って煮るか焼くかすることだったらしい。美味《うま》いんだろうか、ヴリトラの卵。

ちょっと気にはなるが、遠い未来の子どもたちのために我慢するとして。俺は石の天井を見上げた。

「【空間跳躍】、起動」

地上へ。

この日、俺は初めてパーティの誰よりも先に青空の下に出て、誰に憚《はばか》ることもなく温かいスープを口にした。

◆◆◆

明けて、翌日。

町外れの草地で俺は荷物を下ろし、大きく伸びをして空を仰ぐ。快晴の陽光と吹き抜けるそよ風が肌に心地よい。

「さて」

手続きが完了し、俺は今日をもって正式にパーティを抜けた。

報奨金も退職金も先払いで受け取ったし――アルトラたちを地下に転がしたまま出てきてしまったので、ギルドを通して脱退手続きをしてもらった――あの街にもう未練はない。

スキルのことが知れ渡って騒がれても面倒だ。ここは早めに離れるが吉だと考え、さっさと宿を引き払ってきたところだ。こんなに晴れ晴れとした気分はいつ以来だろう。

周囲に人がいないことを確認し、俺はどこにともなく声をかけた。

「コエさん、聞こえる？」

返事はすぐさま、自分の頭の中から返ってきた。

【はい】

「これから、君に身体《からだ》を与えようと思う」

【ひとつ申し上げてよろしいですか】

「ああ」

【貴方にもきっと、素敵な女性との出会いがそのうちに】

「違う、そうじゃない」

何か勘違いをされたようだが、嫁に困って自分の中からこねくりだそうとしたわけじゃない。俺のことをずっと見守って、評価してくれていた人にお礼をしたいだけだ。

「コエさんさえよければ受け取ってくれないかな」

【スキル使用の補助役としての機能には問題ありません】

「今は、君自身の意思を聞かせてくれ」

しばしの逡巡《しゅんじゅん》。

【……叶《かな》うのならば、貴方に自分の手で触れてみたいと思います】

「分かった」

意思は確かめた。あとはやるだけだ。

【しかし、可能なのですか】

実は『保護領域』にいた時から考えていたことだ。

いくら数多《あまた》のスキルがあるといっても、無から生命は生み出せない。生命の本質は人格か意識か、あるいは『魂』とでも呼ぶべきものにあるからだ。どんなに完璧な人体を練り上げたとて、魂が入らなければ綺麗《きれい》な死体でしかない。

だが人格がすでにあるのなら話は変わってくる。

「俺のように意識さえ他所《よそ》に置いてあれば、脳が破裂したって修復して元に戻せる。つまり肉体さえ用意できればそこに意識を入れることができるはずだ。俺は、これから君という人格を収める『器』を形成する」

そのために、二つ目の債権を行使する。

「【技巧貸与《スキル・レンダー》】、起動。差し押さえを実行する」

【スキルが選択されました。処理を実行します】

債務者ティーナより【天使の白翼】を差し押さえました。

【天使の白翼】は【熾《し》天使の恩恵】へ進化しました。

【債務者ティーナの全スキルのポイントが下限の【-999,999,999】に到達しました。現時点で回収可能なスキルポイントは以上です】

【以後完済するまで、スキルポイントを獲得するごとに全額を自動で差し押さえます】

「【熾天使の恩恵】、起動」

欠けた手足でも修復できる【天使の白翼】。進化した今ならばその先も可能だ。

そうして作った綺麗な死体に、意識のみで肉体がない存在を『収める』。

「コエさん、準備を」

【機能人格を実在領域へ移行開始。座標範囲設定。各部筋繊維との整合、ヨシ。神経伝達物質を魔力にて初動、成功。同期開始、同期開始、同期開始――】

頭の中からコエさんの声が遠のき、存在が薄れ始める。それにつれて俺の腕の中に新たなぬくもりが生まれてゆく。

時間にして数分後。俺は透けるような白い肌の肢体を抱きかかえて、手に確かな鼓動を感じていた。

「……ん」

どこか無機質な銀の長髪に、陽光に似た琥珀色《こはくいろ》の瞳。髪と同じ銀の睫毛《まつげ》を震わせて開いた瞼《まぶた》から覗《のぞ》いたのは、俺があの白い空間で確かに感じたコエさんの眼差《まなざ》しそのものだった。

初めて浴びる日光に目を細めた彼女は、俺へと視線を動かしてゆっくりと唇を開いた。

「二つ、質問があります。よろしいですか」

それが、彼女の第一声。

「なんだい？」

「今までは、貴方のことは貴方と呼べば事足りました。この世界に肉体を得た今、なんとお呼びすればよいでしょう」

「マージ、でいいさ」

「貴方は私にとって親の一人であり主《あるじ》にも該当します。それは不適切かと。過去に貴方が見聞した情報を鑑みるに……『ご主人たま～～～』か『マスター』のいずれかが相応《ふさわ》しいと考えますが、どちらを希望されますか」

「マスターにしよう。決定」

ゴードンがこっそり通ってたメイド酒場の記憶だコレ。スキルを貸すために探し当てたら、仲間が自分のことを『ご主人たま～～～！』と呼ばせている現場に出くわしたわけで。

衝撃が強すぎて忘れるに忘れられない。

「ではマスター、二つ目の質問なのですが」

「うん」

「……衣服は？」

「完全に忘れてた」

青空の下、眩《まぶ》しいまでに日光に映える白い肌。うっすらとした茂みが視界に入りかけてそっと目を逸《そ》らす。まさに生まれたままの姿を惜しげもなく晒《さら》す彼女に外套《がいとう》をかけながら、俺は頭を抱える。

治癒スキル【天使の白翼】と【範囲強化】はシナジーが強く、力の及ぶ距離を伸ばすだけに留《とど》まらない。肉体から防具まで『治癒の範囲を強化』できたのだ。

つまり、防具ごと腕が吹っ飛んだのを治療すれば、防具もにょきにょきと生えてくる仕様だったのである。その上位スキル【熾天使の恩恵】と【森羅万掌】ならばシナジーはそれ以上。無から肉体を作り出せるし、防具も全身丸ごと返ってくるだろうが……。

「もともと着てなかったんだから治せない。そりゃそうだ」

「私はこのままでも構いませんのでお気になさらず」

「気になるが。とりあえず俺の着替えを貸すから着て早く」

声の印象ですらりと細身の肉体を作ったものだから、だいぶブカブカにはなるけどこの際仕方ない。早めに新しいものを買うとしよう。

ヒモであちこち括《くく》って、両手の袖を折ってあげて、そこまでやってようやく様になった。

「悪いな、しばらくこれで我慢してくれ」

「初めて着る衣服からマスターの匂いがして、私は幸せです」

「ありがとう。人間の世界だと、それはちょっと変態寄りの発言だから時と場所に気をつけてくれ」

「なんと」

　コエさんが目を丸くする。俺を通して世界を見ていたと言っても、本で読んだようなものので現実感が薄いのだろう。これからゆっくり一緒に勉強していくとしよう。

　次にやることも決まったし、そろそろ出発することにして立ち上がる。今から歩けば夕方までに次の村まで行けるはずだ。

「さあ、行こう」

「はい、マスター」

　そよ風の中で一度大きく伸びをして、俺は荷物を担ぎ上げた。荷物といってもほとんどは収納系スキルで持ち歩いているので、袋の中身はひとつだけ。

「こいつを育てる場所も決めないといけないしな」

「巨体《ヴリトラ》になる龍です。市街地は適さないでしょう」

「ああ、俺もなんだか都会の人間関係には疲れたよ」

　どこか遠く。誰も俺たちのことを知らない土地に行こう。それだけを決めて、俺は草原に一歩を踏み出した。

「マスター」

「どうした」

「歩行というのは右足と左足どちらから……」

「右足で」

俺たちは、一歩目を踏み出した。

【古《いにしえ》の叡智《えいち》】に【天使の白翼】。

S級パーティ『神銀の剣』を支えるユニークスキルのうち二つは差し押さえた。まだ二つ、アルトラの【剣聖】とゴードンの【黒曜】が残っている。

だが焦ることもない。あの二つはもはや、戦場で使えば死あるのみのスキルなのだから。

今も毒で昏睡《こんすい》しているだろうアルトラたちがそれに気づくかどうかは、彼ら次第だが……。

取られたものは取り返す。必ずだ。

2.【アルトラ側】人生最大のチャンス・序

「で、その龍がガッチガチに凍ったとこをオレの【剣聖】でザクーよ！」

ギルドにほど近い酒場でワインをあおり、S級パーティ『神銀の剣』リーダー・アルトラは剣を振り下ろすかのようにブリキのコップをテーブルに叩《たた》きつける。飛沫《しぶき》が飛び散って周りにいた冒険者たちが一歩引いた。

その中から小間使の少年がヨイショの声を上げる。

「さっすがアルトラさん！【剣聖】に切れぬものなしですね！」

「おうよ。マージの奴《やつ》が裏切りさえしなければ堂々凱旋《がいせん》できたんだがな……。くぅ、オレが仲間だと思って信頼していたばかりに……！」

心底悔しそうに顔を歪《ゆが》めるアルトラ。少年もその横で「なんてことを……！」を苦虫を嚙《か》み潰したような顔をしている。なお、少年の日当はメル銀貨一枚すなわち一〇〇〇インである。参考価格、ワイン一杯七〇〇イン。

「それでアルトラ、なんで王の死体がどこにもなかったんだ？　素材は？」

「いくら不意打ちったって、マージがS級四人をどうやって……」

「うっ、飲みすぎて酔いが回ったみてぇだ……続きはまた今度な」

アルトラが気持ちよさげに机に突っ伏したのを見て、周囲は肩をすくめて解散してゆく。

「マージが貸してたスキルを引き上げたんじゃないか？　そうすれば……」

「馬鹿いえ。あいつは覚えたスキルしか貸せないんだぞ？　スキルひとつ覚えるのに早くて三ヶ月、長けりゃ年単位が相場だ」

「六年かけてもせいぜい一〇や二〇ってとこか。コモンスキルがそれだけあってもユニークスキル四人じゃ相手にはならんよな……不思議だ」

　周囲の客や店員はひそひそと噂《うわさ》するが、その声は外に降りしきる夜の雨がかき消す。アルトラの耳に入るのは自分が寝たふりをする声だけだ。

　そんなアルトラの向かいの席ではエリアがもくもくと食事を口に運び、さらにその隣ではティーナが顔にかかった金髪を払うこともせず疲れ気味の目をアルトラに向けている。

「よくああもいけしゃあしゃあと嘘《うそ》がつけるものですね」

「衆愚ってのは楽でいいねぇ。それよりだ！」

　ダンジョン最奥の手前で倒れ、面白いポーズのまま固まったアルトラたち四人が担ぎ出されたのが一週間前のこと。

　マージは多くを語らず、ダンジョン攻略報奨金から自身の分配と規則通りの退職金を受け取って街を去っていた。おかげでアルトラは『扉には龍が彫られていた』という記憶と『部屋の中は凍りついていた』という採掘隊の報告、この二つを頼りにでっち上げた作り話で周囲を丸め込めている。

　実際にマージが使った戦法ともさほど離れていない――アルトラたちはあずかり知らぬ

ことだが――こともあり、今のところ大きな矛盾も出ていない。

「マージの野郎、どこ行きやがったんだ！」

「目が覚めたら出ていってもう三日でしたからね……」

「俺たちゃダンジョンでなぜかブッ倒れるし、起きたらダンジョン攻略が終わってるし、しかもギルドに攻略報告したのがマージだと？　どうなってんだ！　おいそこの女、酒！」

「乱暴な物言いはやめてください。私の心象まで悪くなったら聖堂の耳に入るんですよ？」

いなくなったメンバーに悪態をつきながら、アルトラは乱暴に店員を呼びつける。連日の横柄な態度に店員の反応は冷たい。

乱暴に置かれた替えのワインにむせながら、アルトラは今度はエリアに絡み出した。

「おいエリア！」

「ふぁにふぁ？（何か？）」

「口に入れたまま喋《しゃべ》るな！　なんか気づいたこととかねえのか、こう、なんでもいいからよ！　たまには魔法ブッ放す以外にも役立てろやその頭！」

あまりに無茶な物言いに、エリアは「ふむ」と顎に手を当てて考えること数秒。

「これは先ほど得た知見」

「なんだ、言ってみろ」

「パンをコーンスープに浸して食す。この世のものとは思えぬほどに美味」

「だから何!?」

エリアが何を考えているかよく分からないことはアルトラにも何度かあった。だがこんなアホっぽい感じだったただろうかと、酒の回った頭でぐだぐだと考えたところで目の前の魔術師は小首をかしげるだけである。

「美味でないか……?」

「いや、美味《うま》い食い方だとは思うがよ……」

「今年最大の発見。美味。美味」

「あらあら、そんなにこぼして……」

隣に座るティーナが、一歩距離をとった。

「なんだァ……?」

不気味。

華奢《きゃしゃ》な美少女が笑顔でもぐもぐしている、それだけ見れば平和で微笑《ほほえ》ましい光景だ。だがエリアは知恵のユニークスキル所持者であり、『マナ同調時に生じる不確定性ノイズに関する多次元解釈』なる難解な論文で学会を沸かせた天才少女である。そんな才媛が口の周りを汚しながらパンを頬張る姿にはいささか以上の不気味さがある。

冗談やからかいとも思えず、アルトラは薄ら寒いものを感じて目を逸らした。

「くそ、せめて攻略報酬だけでも取り返さねえと腹の虫が収まらねえ」

考えたくないことは脇においておき、思い出すのは腹立たしい男の顔。

その男、マージはギルドに『他のメンバーは中で動けなくなった。一人では運びきれないから置いてきた』とだけ説明して消えた。

　アルトラにしてみればマージが生きているだけでも理解不能の事態。しかもダンジョンをクリアされていたというのだからもっと分からない。その不可解さが何一つ解決しないまま、時間ばかりが過ぎてゆく。

　と、不意に酒場の戸が軋《きし》む音がして雨音が大きくなった。

「アルトラ、朗報だ！」

「ああん？」

　飛び込んできたのは『神銀の剣』の残り一人、元王宮門番で盾役のゴードン。濡《ぬ》れた髪から水を滴らせながら巨体で床をきしませてアルトラたちのテーブルに近づいた。

「なんだなんだ、人にギルドまで走らせといてどれだけ飲んでるんだ」

「うるせえな。で、なんだった？」

　ギルドからの使いがやってきて、至急ギルドまで来いと言うからゴードンを走らせてから何杯の酒を空けたことか。随分と遅かったとアルトラは不機嫌を隠そうともしない。

「これでも精一杯走ったんだ。まだ本調子じゃないのか、妙に足が重くてな……」

　こいつもそろそろ切り捨て時か、などと考えるアルトラにゴードンは一通の書簡を差し出した。

「それより凄《すご》いぞ。視察中のアビーク公ご夫妻が、前人未到の『魔の来たる深淵《しんえん》』を攻略したってことで俺たちに会いに立ち寄るそうだ！　スキルを披露できるぞ！」

アルトラはコップに残っていたワインを喉に流し込み、人目も憚《はばか》らずゲップをしながら笑みを浮かべる。

「……なんだ、運はこっちに向いてるじゃねえか。オレが『真のS級』になる道は、まったく途絶えちゃいねえ」

S級パーティ『神銀の剣』は過去数年の実績においては群を抜いており、今またS級殺しの異名をとるダンジョンを攻略した。あと足りないものは一つ。

『箔《はく》』だ。

相手はアビーク領、つまりこの街を含む一帯を治める大領主。箔づけには申し分ない。

「覚えめでたく太い人脈にできりゃあ、将来は貴族様になるのも夢じゃねえな」

パーティの中に一人でも無能がいてはケチがつく。そう思ってあのタイミングでマージを切り捨てた自分の判断は正しかったと、アルトラは一人ほくそ笑む。

「んで、スキル御披露目《おひろめ》か。ここはやっぱり……」

この一帯はたしか、昔の戦争で人間が亜人族から手に入れた土地のはず。ならばアビーク公爵家はかなりの武闘派に違いない。アルトラは頭の中でそうソロバンを弾《はじ》き倒した。

「オレの【剣聖】を披露する。ティーナの【天使の白翼】もあった方が見栄えするか？」

「い、いえ。きっと、その、【剣聖】だけのほうが分かりやすい、かと……」

「パセリを振るとより美味」

「……？」

どこか煮え切らない返事のティーナと、反応がいつもと違うように見えるエリア。ゴードンは違和感を覚えつつも……アルトラが何も言わないのだしと思い直し、酒と肉盛りを注文して席に着いた。アルトラはどこかにいるマージに向けて呟《つぶや》く。

「マージよ、今どこにいるか知らねえけどなァ。オレの【剣聖】がある限り『神銀の剣』に没落はねぇ。自分の追い出された古巣がのし上がっていくのを見て、妬みと羨みで焼け死にな……！」

腰の名剣に手を添え、アルトラは自分の明るい未来に思いを馳《は》せる。


アルトラの【剣聖】は神速の足運びと剣舞を可能とする強力なユニークスキルだ。その効果は『加速』に特化し、音速に迫る速度は人間の知覚力を遥《はる》かに凌駕《りょうが》する。

だが、強力であるからこそ使用には大きな危険が伴う。

もしも。もしも神速の自分自身に『動体視力』が対応できなければどうなるか。高速で流れる世界を目で捉えることができなければ一体何が起こるのか。

スキル、【鷹《たか》の目】。

マージが最初に貸したスキルの真価と、それが既に失われていることを彼が知るまで、あと十日。

第1章

1．狼人《ウエアウルフ》

「お前は、あの娘に払うと言った金を払わなかった」

俺は立っているだけだ。指一本動かしてはいない。だが目の前の脂ぎった男はガクガクと震えながら、残った左手で金貨の詰まった袋を握りしめる。

「狼人《ウエアウルフ》は人間じゃあない！　人間と同じように賃金を支払えなんて法は……」

「違う」

一歩前へ。男はドタドタとけたたましく後ずさるが、距離は大して空いていない。

「お前は俺に言ったんだ。あの娘に金を払う、と。だから俺はあの娘にスキルを貸した。『投資』をしたんだ」

「と、投資？」

だから、助けられる。人だろうと狼《おおかみ》だろうと関係ない。

「これは回収だ。お前が搾取した利益を回収する。抵抗しないのなら命までは取らない」

「だ、黙れ！　これはワタシの金だ！　誰が貴様などに……え？」

男が最後まで言い終わるのを待たず、俺は男の眼前に右手を翳《かざ》した。

「――起動」

◆◆◆

遡ること、四日前。

「アビーク公爵家は無益な争いを嫌う知性派なんだ。時の第二王子が跡目争いを避けるため、先の戦争で荒れ放題だったこの一帯の開拓を引き受ける形で生まれた家だから」

自由の身となって西へと向かうこと一週間と少しばかり。朝日映える青空の下、俺は街道の先を指差しながらコエさんに語って聞かせる。

町々を結ぶ街道は歩きで往来する人も多い。

長距離を安全かつ快適に行き来できるようにすることは土地を治める者――この場合はアビーク公爵家――にとって重要な課題となる。その大きな理由が『税金』だ。

野営、野宿は魔物にとって格好の獲物。それを放置すれば魔物が増長し数が増える。魔物は納税しないので討伐しないと損だが、そのために動かす兵卒にまた税が吸われる。

そんな悪循環を生むくらいなら要所要所で宿場町を設けるべきだと時の領主は考えた。町ができれば経済も回って税収になるし、いざとなれば関所を併設して通行料だって取れる。

「そうして作られた宿場町のひとつが、あの遠くに見えるキヌイだ。山と山の間、盆地に沿うように作られてる。規模としては小さめで定住してるのは一〇〇人とかかな？」

「合理的な領主様なのですね。ところでマスター」

「なんだ」

「今のお話と、私たちの背後にあるものとは少々矛盾しているように思えるのですが」

二人で振り返ると、そこはまさしく死屍累々《ししるいるい》。とにかく積み上がるゾンビ、毒猪《ポイズンボア》、ナイトハウンドにヒートスライム。夜の間に積み上がったその数およそ八〇体。

「……コエさんが綺麗《きれい》だからかな」

「この世界は、外面をよくして生きると背後に死体が積み上がるのですね」

「それだけ聞くと含蓄のある言葉みたいだ」

俺たちはその気になれば【空間跳躍】で素早く移動できる身だ。といっても焦る旅でもないし、コエさんに色々と勉強する時間もあげたかったからゆっくりと西へ歩いてここまで来た。

見た目には大した装備もつけていない若い男女二人組。魔物に狙われるのも無理はあるまい。女の方が目を瞠《みは》る銀髪の美女であることは……関係あるかもしれないし、ないかもしれない。

「スキルを覚えている人間は特有のマナを発する、っていうからな……。俺のスキルが呼び寄せてるってこともありうる。これだけのスキルポイントを貯《た》め込んだ人間はそういないだろうし」

そのマナを測定してスキルの有無やポイント量を測定する装置もあったりする。高価で数も少ないので手軽には使えないが。

俺の場合は【技巧貸与《スキル・レンダー》】スキルの効果で知れるので手間いらず。癖の強いこのスキルの純粋な長所だ。

「マスターのスキルが原因だとしてもスキルで撃退できているのですから、よいのでは？」

「それも何か違う気がするけども……」

「それもほとんど自動で。マスターの発想力には驚かされます」

俺は天幕の周りで【空間跳躍】を起動して【星霜】で持続時間を延ばしておいた。こうしてスキルを『置いて』おけば、寝ている間に近づいた魔物や野盗を上空高くに飛ばしたり地面に叩《たた》きつけたりして自動的に退治してくれる。

スキルはシナジーで選べとはよく言ったものだ。他にも工夫次第でいろいろできるだろう。

「にしてもこの数はちょっと異常だ。まずはさっさと町に入ろう」

「分かりました」

ゆっくりと歩を進め、昼前に踏み込んだキヌイの町。

町に入ってすぐ、俺は伝聞でしか知らない種族を目にして思わず足を止めた。

「狼人《ウエアウルフ》……!?」

狼人《ウエアウルフ》。その名の通り狼の亜人。

それはまだ幼い少女ではあったが、確かに俺たちとは違う特徴を備えていた。

亜麻色の髪に、狼のような耳。ところどころ肌が見えるほど着込まれた粗末な服は後ろが持ち上がり、髪と同色の尾が覗《のぞ》いている。

話に聞く亜人族『狼人《ウェアウルフ》』の特徴そのままの少女がそこにいた。

2．シズク

「狼人《ウェアウルフ》……!?」

それはまだ幼い少女ではあったが、確かに俺たちとは違う特徴を備えていた。

亜麻色の髪に、狼のような耳。ところどころ肌が見えるほど着込まれた服は後ろが持ち上がり、髪と同色の尾が覗いている。話に聞く亜人族『狼人《ウェアウルフ》』の特徴そのままの少女がそこにいた。

「珍しいのですか？」

「今はね。もともとこの辺りの森で暮らしていたんだけど、戦争で土地を追われて今はほとんど見かけない」

この辺りの草原もかつては豊かな森だったと聞いている。戦争で人間の手に渡った後は木を伐採しつくして放置され、荒れ果てた頃に前述のアビーク公爵家が開拓に乗り込んできた……というのが歴史だ。

その森で暮らしていたのが気高き狼の亜人、狼人《ウェアウルフ》というわけだ。

「神狼《しんろう》の加護が宿る毛皮を身に纏《まと》い、鋭い爪と牙で森の中にあっては無双の強さを見せた誇り高い種族、だったはずだ」

「あの少女がですか」

「曰《いわ》く、疲れを知らぬどころか戦いが続くほどに強く猛《たけ》った、と。……あくまで聞いた話だ」

目の前の少女はボロを身につけて、小さな体に似つかわしくない小麦の大袋を運んでいる。一歩一歩を踏みしめるように、肩の痛みを堪《こら》えるように、歯を食いしばって汗を流している。

たしかに力は強い。だが岩をも切り裂く爪も、艶めくような尾も、今や砂に薄汚れて見る影もない。その姿は、俺が胸躍らせた狼人《ウェアウルフ》の伝承からはあまりにも程遠いものだった。

「マスター？」

「……ああ、すまない」

なぜ狼人《ウェアウルフ》の末裔《まつえい》がこんな場所で奴隷のような扱いを受けているのか。戦争で負けるとはこういうことなのかと、考えを巡らすうちに現場監督らしき男の怒号が聞こえた。

「エサだ！　グズグズせず食え、クソスキルの犬が！」

昼食の時間が来て、他の人足たちに混ざって食事を受け取る姿を見て俺の足が止まった。

明らかに他の者より量も質も劣る、あれは。

「薄められたスープにボロボロのパンを浸した……」

俺が『神銀の剣』にいた頃、唯一食べることを許されていた食事と同じものだった。

「マスター、僭越《せんえつ》ながら申し上げます。目の前の困窮を救いたいのなら偽善や短絡さを恐れることはありません。それでもあの子は救われるのですから」

まっすぐ俺を見つめるコエさんに、俺は小さく頷《うなず》いた。

「……行ってくる。場合によっては十日ほどこの町に逗留《とうりゅう》することになる」

「はい、マスター」

俺はまずこの仕事を管理している人間、つまり彼女の雇い主に話を聞いた。

そうしてひとつの確信を持って、薄いスープを咀嚼《そしゃく》する少女に歩み寄り正面に立つ。

「君の雇い主から話を聞いた。賃金は後払いで、あの麦袋を全て蔵に運んで三〇〇〇インだそうだな」

簡素な屋根つきの仮置場。そこには大人の背丈の二倍はあろうかという高さまで小麦の大袋が積み上げられている。一日で終わる量ではないし、数日かけて蔵に収めるのだろう。雨がない時季とはいえ無茶をする。

「……飯代で一日三〇〇イン引かれる」

「その薄めた泥水にか」

少女が俺を睨《にら》みつける。強い目だ。擦り減っているが濁っていない。

「お前は誰だ。ボクに何の用だ」

ボク、という一人称で男かとも思いかけるが、襟元が広がりきったボロ服からは胸のわずかな膨らみが覗いている。各種スキルの判定でも女だ。

そして着ているものは貧しくとも、その瞳や振る舞いには伝承通りの気高さが確かに残っていた。

この子ならあるいは。

俺は、もしも彼女がただの子供なら恵んで去るつもりだったメル銀貨を、そっと懐に戻した。

「君の報酬は三〇〇〇イン。そのうち六〇〇〇インを俺に寄越《よこ》せ」

「……なんだって？」

「そうすれば、君は十倍の金を稼ぐことができる。話を聞いてもらえるかな」

少女の目に疑念と敵意が宿るが、俺は構わず続ける。

「雇い主に聞いたところだと、君は【脚力強化】を持ってるらしいな。ただ……」

「そうだ。十秒ももたない」

周知の事実だからか、隠す手間も惜しいとばかりにはっきり言ってきた。

監督が「クソスキル」と呼んでいたのはそのためだ。【脚力強化】は汎用性の高い基礎スキルだが、その短さじゃ荷運びには大して役立たないだろう。

「俺はその時間を延ばせる。何日、いや何週間でも【脚力強化】を使えるようになる」

「そんなこと、できるわけが……」

「できるとしたらどうだ？　あの小麦袋、明日には運び終わるだろう？」

さっきまでの調子だと早くて三日、いや四日はかかるだろう。飯代を引かれて手元に残るのは一八〇〇インだ。

だが今日明日で終わらせればどうか。

飯代を引かれて二四〇〇。

同じだけの金が半分の日数で手に入る。

俺に渡して一八〇〇。

「計算は分かるか？」

「馬鹿にするな。読み書きだってできる」

教育を受けているし、やはり彼女はただの浮浪児ではない。そんな子がこんな場所でこき使われている理由がいよいよ分からないが……それを詮索すべきは今じゃないだろう。

「俺は金をもらえる。君は金を早く稼げる。両方にとって得な話だ。どうするかは自分で決めろ」

「……もしも早く終わらなかったら金は渡さない」

「いいだろう」

それを即諾したためか、ようやく少女の表情が少しだけ和らいだ。

仕事の出来に投資家が責任を持つのは本来ないことだが……投資するのがスキルと金ではやはり話が違う。ここは柔軟に考えるべきだろう。

「スキルのシステムは分かってるな？　返済までは十日。貸した分より一割多くスキルポイントを返してもらうが、普通に仕事で使っていれば十分貯《た》まるはずだ。構わないか」

「分かった」

この説明をするのも数年ぶりだ。アルトラにはもっと詳しく説明したこれを、きっとこの子の方がよく理解している。

「コエさん、頼む」

「はい、マスター」

「【技巧貸与《スキル・レンダー》】起動」

【貸与処理を開始します。貸与先と貸与スキルを選んでください】

頭の中にコエさんの声がする。スキルの補助は問題ないと言っていた通り、機能は機能としてこう果たせるようだ。

「俺はマージ。マージ＝シウだ。君の名は？」

「シズクだ。ボクはシズク」

「いい名前だ」

【債務者：シズク　スキル：持続時間強化　が選択されました。処理を実行します】

シズクに貸したスキルは【持続時間強化】。名前の通りスキルの効果時間を延ばすスキルで、以前はティーナに貸して治癒スキルを戦闘開始から終了までずっと発動させ続けるような使い方をしていた。今は上位にあたる【星霜】として俺の手元にある。

今、そのスキルポイントを【1,000】だけ切り分けてシズクに貸し与えた。

【星霜】は【持続時間強化】が莫大《ばくだい》なスキルポイントによって進化したスキル。これをまるごと貸すと十日で数百万ポイントという利息がついてしまう。そこで俺は返済に無理がない程度のスキルポイントを見繕い、その分だけシズクに貸与した、というのが今の処理の概要だ。

ポイントが少ないため【星霜】ではなく進化前の【持続時間強化】として貸す形にはな

るが、性能としては必要十分だろう。

「これでいい。あと、これは粗品な」

「ソシナ？」

「投資する時には、お近づきの印にプレゼントをするもんだ」

「……！　甘い!!」

大したものを渡したわけじゃない。そこで買ってきたただの焼き菓子だ。それでもシズクは夢中で口へ詰め込むと、昼休みの終わりと同時に小麦の仮置場へと駆けて行った。

それを見送り、コエさんは俺に尋ねる。

「マスター、なぜお金をとるのでしょう？　無償で貸すこともできるのでは？」

「……プライドのある目をしてたから。薄汚れてても、あの子は自分に誇りを持ってる。同情で恵んでもらったものを受け取る子じゃないと思っただけだよ」

◆◆◆

「……まさか明日までもかからないとは」

夕焼け空の下、空っぽになった仮置場を俺たちは呆《ほう》けた顔で眺めていた。

午後になってからのシズクの働きぶりは目を瞠《みは》るのを通り越して異様だった。最初こそ今までより少し速い程度だったのが、次第に加速して最後には走りで運ぶ始末。日が沈む頃には、あれだけあった麦袋は全て蔵の中だった。

自分の体重の半分以上ある荷物を走りで運ぶ。スキルの強化があるといえど流石《さすが》は狼人《ウエアウルフ》と言うべきか。

「マスター、シズクさんは？」

「賃金を受け取りに行ったよ。少し遅い気がするが……」

気になりだした頃、シズクが奥の建物——雇い主の事務所——から出てくるのが見えた。ゆっくりとこちらへ歩いてくる。

「……マージ、おかげですごく早く終わった」

「予想以上だったな。スキルの効果は十日後までは続くから、また別の仕事を見つけて稼ぐといい」

この調子ならスキル回収までにまとまった金を手に入れられるはずだ。シズクは読み書き計算もできる。その金で身なりをきちんとすれば、もう少しいい仕事だって見つかるだろう。一時しのぎじゃない好転が期待できる。

そう言うと、シズクは小さく頷いて一〇〇インのナナ銅貨を六枚取り出した。

「……これ、約束の六〇〇イン」

「確かに。次はもっといい仕事だといいな」

「う、うん。じゃあね」

どこか浮かない様子のシズクは、手を振って去っていった。

「シズク……？」

その様子がちょっと気になったが、何しろ今日一日で信じがたい量の力仕事をこなしたのだ。疲れているのだろうと思い、声をかけることはせず二人で見送った。

そうして翌日。消耗品の買い出しに出た俺とコエさんが市場の隅で見つけたのは。

「マスター、あれは」

「……シズク？　何をしてるんだ？」

相変わらずの薄汚れた格好で、泥水から何かを拾って食べるシズクの姿だった。

「ッ、マージ？」

俺たちの姿を見ると、シズクは逃げるように走っていった。彼女の漁《あさ》っていた水たまりには花の球根のようなものが残されている。

粗く刻まれ、泥水に浸《つ》かったそれはとても食べ物には見えない。シズクがなぜこんなものを齧《かじ》っていたのか。なぜ逃げたのか。分からないことが多すぎるが、少なくともよい方向に転がっているようには思えない。

「マスター、これは？」

ひとまず彼女が何をしていたのかを知りましょうと、そう言ってコエさんが拾い上げた球根を見て、自分の顔から血の気が引いたのがはっきり分かった。

「手腐《てぐさ》り草《そう》の根……!?」

「手腐り草、とは？」

「真紅の花を咲かせる野草の一種だ。根っこは食べられるから救荒植物にされたりはする、けれど」

「何か問題が？」

「毒がある。多量に摂取すれば手が腐って落ちるから、手腐り草だ」

水に溶ける毒だから、刻んで水にさらせば安全に食べることはできる。だがそのためには十分な清水が必要不可欠だ。身体《からだ》を洗う水すら与えられない亜人の子供には望むべくもないだろう。

だから水たまりの泥水を使う他なく、あまりさらすと泥の匂いと味で食べられなくなる。飢えを凌《しの》ぐには毒を覚悟で口にするしかない。

「それは不可解です。彼女が報酬を得てまだ一日と経《た》っていません」

「ああ、パンすら買えないのはおかしい」

病気の親がいるだとか、幼い弟妹に食わせてるだとか、そういう事情かとも思ったが。

それよりもまずは疑うべきところが他にある。

「あの子を雇っていた男に会う。コエさんはシズクを看《み》てやってくれ」

「かしこまりました」

コエさんと別れ、訪れた二度目の事務所。

古ぼけた事務机を挟んで横柄に座るよく肥え太った男は、シズクについて尋ねた俺にさらりとこう言った。

「賃金ン？　ちゃんと払ったよ？　六〇〇イン」

六〇〇。六〇〇イン。

「……三〇〇〇の約束だったと聞いたが」

はじめ、男が何を言っているのか理解できなかった。さも当たり前だとばかりに、まるで「あの腐ったパンはどうした」と聞かれて「ああ、捨てたぞ」と答えているかのような顔で男は言う。

「おいおい勘弁してくれ。三〇〇〇なんて払ったら商売にならんよ」

「最初から払う気はなかったのか」

「人聞きが悪いな。いいか？　あの仕事はまあ、あの犬なら四日ってとこだ。それに途中で量を追加するなりして五日に引き延ばす」

「……それでも飯代を引いて一五〇〇にはなるはずだ」

「麦の袋が破れたらその分引くのよ。ま、あんだけ運べばいくつかは破れるからな。それで正味の賃金が六〇〇の予定だったのに、スキルの調子が良かったとか言って一日で片付けやがった。おかげで六〇〇握らせて帰らせるのに苦労したよ」

飯代三〇〇インと聞いているが、あんなものタダ同然の残飯だ。金なんてかかっていないはず。

『三〇〇の仕事を六〇〇のコストでさせる』

これはそのための、そのためだけのやり方だ。そして受け取ったのが六〇〇インならば。俺に六〇〇インを渡した彼女に残った額は。

「だから、あんなものしか食べられなかったのか……！」

「賢いやり方だろう？　『一日延ばす』と『破れた分を引く』はワタシも初めて試したがね、こりゃ発明だと思うよ。これからはみんなそうするだろうさ」

男は笑うが、いくらなんでも不合理だ。有能なところを見せたのなら、せめて利用することを考えるものではないのか。

「あれだけの仕事を一日で終わらせるんだ。高給で抱え込む手もあったんじゃないか」

「あんたねぇ、あれは狼人《ウェアウルフ》だよ？　いくらか仕事ができたとこでね、そんなもんにまともな賃金なんか払った日にゃお笑いだよ、ハハハ」

不意に。目の前の男に、どこかアルトラたちの影が重なった。

だがこうして他人のこととして、一歩引いた視点で見ることで分かることもあるらしい。

「……………ああ」

不意に、俺の中にひとつの『答え』が出た。

『なぜアルトラたちは俺を殺そうとしたのか』

「ああ、ああ。そういうことだったのか」

実を言うと、俺は古巣であるアルトラたちの思考を未《いま》だに理解できていない。確かに当時の俺はひ弱だった。だからと言って、よもや退職金を惜しんで殺害されるなど夢にも思わなかった。

俺を追い出すにしたって、金を払いたくないにしたって、もっとやりようはあったはずなのに。

効率だとか良識だとか合理性だとか。そういった基準で言えば損でしかない選択だ。端的に言って『馬鹿げすぎてる』。少なくとも俺にはそうとしか思えなかった。

損得勘定でもない。

道徳心や信条でもない。

奴《やつ》らは一体、どういう価値基準でもって俺を殺そうとしたのだろう。密《ひそ》かにそれを考え続けてきたが。

そう、なるほど。

そうか。

そういうことなのか。

「こういう人種が、この世にはいるのか」

見栄《みえ》、気分、周囲の目。そんなもののために道徳も良識も、目の前の利益すらも捨てて搾取と破壊に走れてしまう人種が。

金が欲しいからと他人を襲う人間は『悪党』と呼ばれる。彼らは悪だが、目的と行動が一致している。目的さえ理解すれば対話のできる相手だ。

これは違う。目的と行動がチグハグで、なのに本人たちは目が曇っていて気づきもしない。そんな人間が善人から搾取し、金貨を片手に酒を飲み干している。

酒の回りだした赤ら顔で、男はニヤニヤと俺の肩を叩《たた》いた。

「これが賢い生き方ってやつよ。分かったかい？」

「ああ、ありがとう。勉強になった」

よく分かった。

よく、分かったよ。

「そいつは結構だ。ほれ、残りの授業料をよこしな」

俺の考えていることなど知るよしもなく、男は対価を要求する。

他人に「お前が雇った相手の賃金や条件を教えてくれ」なんて言っても普通は答えてもらえない。だから俺は、あの娘を雇いたいからコツを教えてくれ、授業料は払うから、と前金を渡して教わっていた。当然、この男には残りの報酬を受け取る権利がある。

「……ああ。手を出せ」

「あんたも物好きだねぇ。こんな金を払ってまで犬の使い方を聞きたがるなんて。そういう趣味でもあるのかい？」

財布を取り出し、男の差し出した右手にメル銀貨三枚、つまり三〇〇〇インを載せた。

シズクがもらうはずだった銀貨を男が握ったのを見てから、俺は右手に力を籠《こ》める。

選ぶのはアルトラに貸していたスキル【斬撃強化】の進化形。いかなる材質だろうと空間ごと断ち切るスキル。

「【亜空断裂】、起動」

俺と商人との間に、一筋の亀裂が走った。

「……へ？」

ベシャリ、と。

床に重いものが落ちた音がした。続いてこぼれ落ちた銀貨の転がるカラカラ音がして、男はようやくそれが自分の右手だと気づいたようだ。

机もろとも両断された腕から、鮮血が噴き出した。

「ひいああああああああ!?　ひっ、腕！　ワタシの腕が!!」

「どうした、ちゃんと受け取れ。大好きな金だぞ？」

銀貨を拾い、今度は左手側に差し出す。男は俺の手にある銀貨をじっと見つめるが受け取ろうとはせず、ただただ取り乱し喚《わめ》き散らす。

「何、貴様、何を、何をした!?　貴様、ワタシに何をした!?」

「何をした、だと？」

それを聞くのはこちらの筈《はず》だ。床に転がる右腕を男に見せながら俺は問う。

「あの子が、シズクが今日、何を食ってたと思う？」

「な、何の話だ!?　ワタシが知るわけないだろう！」

「食べれば手が腐って落ちる毒草だ」

この男に『対話』は不可能だ。自分のしたことは、自分の身体で思い知らせる。そうでないと分からない人間がこの世にはいる。

そんな人間にシズクは食い物にされた。

シズクはどうやら自分で借りを返すつもりはないのだろう。俺のスキルを貸した今、彼女がこの男に襲いかかって負けるわけもないのだから。彼女は最後まで力に訴えることなく退《ひ》いたのだ。

そればかりか俺との約束はしっかりと守り、全財産を差し出した。

「狼人《ウエアウルフ》は気高い種族。伝承で聞いていた通りだ」

だから、俺がやる。気高さとも誇りとも無縁なこの俺が。

「そ、そもそも貴様は何者なんだ！　こんなことをする権利があるわけ……！」

「権利ならある。お前が、あの娘に払うと言った金を払わなかったからだ」

脂ぎった男はガクガクと震えながら、いつの間にやら残った左手で金貨の詰まった袋を握りしめている。

「だから言っているだろう！　狼人《ウェアウルフ》は人間じゃあない！　人間と同じように賃金を支払えなんて法は……」

「違う」

一歩前へ。

怯《おび》えた男がドタドタとけたたましく後ずさるが、距離など大して空きはしない。

「お前は俺に言ったんだ。あの娘に金を払う、と。だから俺はあの娘にスキルを『投資』したんだ」

「と、投資？」

だから、助けられる。人だろうと狼《おおかみ》だろうと関係ない。

「これは回収だ。俺のスキルが生んだ利益を、お前は不当に搾取した。だから回収する。抵抗しないのなら命までは取らない」

「黙れ！　この金はワタシのだ！　貴様こそ、ワタシに手を出して無事で済むと……」

「お前は三〇〇〇インの賃金を六〇〇〇インにしたんだったな」

「……え？」

男が最後まで言い終わるのを待たず、俺は男の眼前に右手を翳《かざ》した。

五体満足、という言葉がある。その『五体』とは頭、両腕、両脚の五つを指すという。

すでに右腕は落とした。残るは左腕、右脚、左脚。

「お前も五分の一になってみるか。心配はいらない。何度でも治癒させてやる」

3．エンデミックスキル

「ひっ、ひっ、ひっ、ひっ」

男の手足は健在だ、だが床から壁へと走る切断面は、確かにその四肢すべてが切り落とされたことを克明に示している。

「さて、話の続きをしようか」

「ひい!!」

男は生えたばかりの右手で後ずさる。手足は姿かたちまで完全に再生されているが、恐怖と痛みは刻み込まれており男は悲鳴と浅い呼吸音を発するばかり。心中で自分の行いを悔やんでいるはず。

この種の人間に『反省』という概念があれば、の話だが。

「マスター。シズクさんを連れて参りました。ご首尾はいかがですか？」

「ああ、いいところだ」

後ろからノックの音。コエさんは首尾を聞いてくれているが、外から来たのなら分かっているることだろう。

事務所そのものが真っ二つになっているのだから。どちらかといえば、中がシズクに見せられないほどの惨状になっていることを心配してくれているのだと思う。

「ちょうどいい頃合いだった。入ってきてくれ」

「はい。……あら」

コエさんがドアを開けようとしたら、蝶番《ちょうつがい》が半分に切れていてドアごとバタンと倒れた。通れるからよしとしよう。どこか「やってしまいました」という顔のコエさんの横には、戸惑いを隠せない様子のシズクが立っている。

「シズク、体調はどうだ？」

「え、げ、元気だけど？　これどういうこと……？」

「摂取した毒は少量でしたので体には大事ないようです。お借りした【天使の白翼】は後日利息分を加えてお返しします」

「それは何よりだ。さて」

改めて、シズクの雇い主だった男に向き直る。顔面は蒼白《そうはく》そのもので先ほどまでの強気はすでにない。一度切り落とされて再生した手にはまだ金貨袋が握られているが、震えのあまり中身がポロポロとこぼれ落ちている。

なお、切り落としたものは地下に転移しておいた。放置するのは色々とよろしくないから。

「改めて聞く」

「は、ハイ！」

しばらくぶりに人間の言葉を発した男。痛みで言語を忘れていなくて幸いだった。

「お前は、何をした？」

「は、ハイ。ワタシはシズクさんへの賃金を不当に低くしようと考え、そのために悪辣な手を使いました、ハイ」

「では、薬代や延滞料まで含めてシズクに渡すとしよう」

「お、おいくらでしょうか……!?」

さらに顔を青くした男の手から金貨の袋を取り上げて、その中身を確かめる。

この国の金貨は三種類。一万インのクラモ金貨、一〇万インのミカド金貨、そして一〇〇万インのスコッテ金貨がある。

スコッテ金貨は勲章の代わりに与えられたりする、いわば記念品と賞金を兼ねたような品なので一般に流通していない。この財布に入っているのもミカド金貨までだ。俺はその中の一枚を取り出し、ぽかんとしているシズクに手渡した。

「ほらシズク、受け取っておけ。これ一枚で一〇万イン……メル銀貨一〇〇枚分だ」

「え、え？　そんなに？　こんなに？」

「え、それだけ……？」

シズクと雇い主の男、反応は真逆だが似たような顔をしている。金貨の袋の口をしっかりと閉じて、俺は男の手に投げて返した。

あちらにしてみれば事務所に殴り込まれて手足まで――元通り以上に治しはしたが――切り落とされたのだ。根こそぎ奪われるものと思っていたのかもしれないが、そんなことをする気は毛頭ない。

「取るべきもの以上に取ったらお前と同じだ。俺は強盗がしたいわけじゃない。……ああ、そうだ」

今度は自分の懐から財布を取り出し、今取ったのと同じミカド金貨を一枚男に見せた。

アルトラたち『神銀の剣』からの退職金の一部である。

「こいつは事務所の修繕費だ。受け取れ」

「修繕費……？」

「建物に罪はないからな」

指で金貨を挟み、軽く力を籠める。腕力強化スキルの二段階進化形にあたる最上位スキルを選択。

「【阿修羅《あしゅら》の六腕】、起動」

「へ？」

金貨を弾《はじ》き出す。唸《うな》りを上げて飛翔《ひしょう》した金貨は、男の額に当たって乾いた音を立てた。

「へぶあ！　くおおおおお!!」

痛みにジタバタとのたうつ男に背を向ける。コエさんとシズクを促し、出口へ。

「これで清算は全て済んだ。俺たちは今、貸し借りなしの状態になった」

「う、うぐ……」

「俺から何かを取り立てに来ることはもうない。じゃあな」

ドアのなくなった出口をくぐり、外へ。事務所が真っ二つになったのを見て集まった野次馬の群れがさっと割れる。

その間を歩いてゆく俺たち三人を留めようとする人間は、一人としていない。

「く、ぐぐ……！　貸し借りなしだと、ふざけるな！　おい、監督のエルドロを呼べ!!」

男の声を俺のスキルが捉えたが、聞こえなかったことにしておいた。

◆◆◆

事務所を訪ねて、未払いの賃金を回収したのが昼前ごろのこと。何はともあれ身なりから整えようということで、浴室を借りたり服屋に行ったりと駆け回っているうちに夜になってしまった。

今いるのは俺たちが部屋をとっている宿。新たな門出を祝うプレゼントとして買った服を、シズクが着て見せてもらっているところだ。コエさんに手伝ってもらって着付けたシズクは楽しげにくるりと回る。

「はい、可愛《かわい》いですよ」

「こんないい生地の服、ボク初めて着た……！」

体を綺麗《きれい》にして髪を整え、新しい服を着せてみて本当に見違えた。『ボク』という一人称で男と間違えかけたのが嘘《うそ》のようだ。

狼人族《ウエアウルフ》の伝統にならったという装束から覗《のぞ》く亜麻色の尾も、パタパタパタパタと嬉《うれ》しそうだ。

「でもいいのかシズク、その服で」

「え、え、なんで？　田舎臭かったりする？」

「遠慮しないでもっと布地の多いやつを選んでもよかったんだぞ？」

「マスター。これはコストダウンではなく外観重視、いわゆるオシャレによる布地の削減かと……」

「分かってる。冗談だよ」

「なんと」

コエさん、まだ冗談はあんまり通じない。

「冗談はともかく、うん。可愛いじゃないか。よく似合ってると思う」

「あ、ありがと。ボクにとってはこういう服が一番だから。そう言ってもらえるのは嬉しい」

落ち着いたところで、さて、と話題を切り替える。

「シズク、ひとつ聞かせてくれ」

「ん、どうしたの改まって」

「なんで、あの男から引き下がった？」

賃金を渋られたシズクは、最後まで力に訴えることなく手を引いた。自分が手腐り草しか食べるものがなくなると分かっていたのに。戦えば勝てると知っていたはずなのに。なぜ退《ひ》いたのか。

俺の問いに、シズクはよどみなく答えた。

「狼人《ウエアウルフ》は自分のためには力を使わない。たとえ相手がどんなに外道でも。……どんなに、悔しくっても」

「賃金は自分のことだから、ってことか」

「そう。生命を預けてもいいと思える誰かのためだけに、ボクらは狼《おおかみ》の力を使うんだ」

「……シズクは強いな」

気高く、誇りを胸に生きる亜人『狼人《ウエアウルフ》』。伝承で聞いていた通りの姿に胸が熱くなる。泥水を啜《すす》っても、毒草を齧《かじ》っても種の誇りを忘れない。本当に強い子だ。

それを踏まえて、俺はシズクにひとつの提案をしなくてはならない。

「じゃあ、その誰かのためなら力を使えるんだな？」

「うん。そういうことになる。でも、なんで？」

「今ここに、武装した男たちが向かっている」

「……うぇ!?」

俺の感知系スキルは先ほどから剣や棍棒《こんぼう》で武装した男たちを捉えている。その数二十、

三十、四十……鎧《よろい》も着けているし、宿場町に逗留《とうりゅう》していた傭兵《ようへい》団か何かだろう。明らかに意思を持ってこの宿へと向かっている。
その先頭を歩いているのは、あの男。

「シズクを雇っていた太った男だ。傭兵を使って俺への報復に来たんだろう。隣には……現場監督だった男もいるみたいだ」

「あいつらが、ここに……！」

穏やかだったシズクの目に、何かが燃え上がるのが見て取れた。

「シズク」

「うん」

「俺は、君にとっての『誰か』になれるか？」

「なれる。狼人《ウエアウルフ》は受けた恩を忘れない」

なら、戦える。

シズクも戦える。

「スキルは貸してある【持続時間強化】で十分だな？」

「うん、これでいい。これがいい」

「それではシズクさんのスキルは【脚力強化】と【持続時間強化】のみです。さすがに危険では」

コエさんが案じてくれるが、俺の予想が正しければ無用な心配だ。

「シズクのスキルは【脚力強化】なんかじゃない。そうだろう？」

「……気づいてたの？」

「ありえない話が多すぎたからな」

【脚力強化】は名前の通りのシンプルなスキルだ。

十秒しか持たないだとか、長時間使えば効果が強くなっていくだとか、そんな複雑なものじゃない。子供だから亜人だからでごまかせるのはスキルをよく知らない人間だけだろう。

そう説明すると、シズクは気まずそうに頬を掻《か》いた。

「……黙っててゴメン。長く使えないのは本当だけど、人間に知られて利用されるのは嫌だったから」

「見せてくれるか。シズクの本当のスキルを」

大きく頷《うなず》き、シズクは立ち上がって俺たちから距離を取った。その小さな体に今までとは異質の力が漲《みなぎ》りだす。

「――父祖の霊魂よ。汝《なんじ》が末裔《まつえい》に力を与えよ」

まず現れたのは爪だった。黄金色のマナで形成された大爪がシズクの手を覆い、次第にその密度を増してゆく。

続いて同質の牙が、そして体を覆う毛皮が放出され、シズクの外見を金色の狼へと近づけてゆく。

『神狼《しんろう》の加護が宿る毛皮を身に纏《まと》い、鋭い爪と牙で森の中にあっては無双の強さを見せた』

あの伝承の真実が、このスキルか。

「エンデミックスキル【装纏牙狼《ソウテンガロウ》】、起動」

〝行ってくる〟。

俺たちの視界からシズクの姿がかき消えると同時。

宿の外で、激音が轟《とどろ》いた。

【マナ活性度：10】

その動きには加速がなかった。シズクは始動と同時に最高速に達し、窓から外壁を蹴って敵集団に『着弾』。轟音《ごうおん》が鳴り渡り、爆心地にいた三人ほどが吹き飛んでいる。

「なんだ!?」

「お前ら、マージを狙ってきたんだろう。狙いはなんだ?」

狙うのは俺の金か、女《コエさん》か、あるいは生命か。シズクの問いに、現場監督を務めていた男――エルドロと呼ばれたのは彼だろう――が下品に笑う。その後ろに守られた雇い主もまた、まったく同じ顔でゲゲゲと笑った。

エルドロの回答は至極単純。

「全部に決まってんだろクソ犬。何もかもだ!」

「全部、何もかもか」

「無駄にチカチカ光りやがって。虚仮威《こけおど》しのつもりか?」

「全部と言ったな。間違いないな」

全部。向こうは全部を奪うつもりで攻めてくるという。

「それならこちらも全部いただく」

「おう、できるもんならやってみろや！　オレの【腕力強化】をのせた鞭《むち》で数のお勉強させてやるから、そこに直りな！」

男が革鞭を振り上げる。得意の得物なのだろうが、力任せに振り下ろした先にシズクはいない。その姿はすでにエルドロの懐へ。

「数の勉強をしたいんだな」

「へ？」

「一」

一撃。

体重にして自分の三倍はあろうかという大男を、シズクは蹴りの一撃で吹き飛ばした。腹に決まったのか胃の中身をぶちまけて悶絶《もんぜつ》する男に、さらに迫る。

「二。三。四」

蹴る、蹴る、蹴る。あえて爪を使わないのは恨みか、それともシズクなりの情けか。

「ボクは千億まで数えられるけど、どこまで勉強する？」

「ど、どうして……」

「どうして？」

「分かんねえ！　分かんねえ!!」

【マナ活性度：201】

分かんねぇ、か。

「分かんねえ、ときたか」

宿の窓から戦況を見つめて、俺はひとりごちる。

分かんねえ。

シズクに蹴り飛ばされた大男が叫んでいることは、一見すると意味不明だ。だが昼に雇い主の男――シズクによると「ゲラン」という名らしい――と話した今なら分かる。

「殴られて、貶《けな》されて、搾取されて。それでもシズクが黙っていた理由は『力がないから』に違いない。それ以外を想像すらできないんだな、奴《やつ》らは」

だから自分の身に起きていることが奴らには分からない。理解できない。

高潔さだとか善意だとか。そういう理由で力に訴えない人間がいる。本来なら幸せを摑《つか》むべき人を、しかし奴らは『殴り返せないほど弱いバカ』としか認識しない。

アルトラたちにとっての俺がそうだったように。

シズクが敵を蹂躙《じゅうりん》してゆく様は、まるで奴らの体に刻み込んでいるようだ。「勘違いも甚だしい」と。

「それにしてもエンデミックスキルか。実物を見たのは初めてだけど、これほどとは」

物理の常識すら覆すほどの加速だ。動体視力を極限まで高める【神眼駆動】がなければ、人間の目には捉えることすらできまい。

必要なら加勢しようと戦況を追っていたが、今のシズクにはそんな気遣いすら野暮だろうと見て攻撃スキルの起動を中止する。俺の横ではコエさんが感心したようにシズクの戦いぶりを見つめている。

「なんと凄《すさ》まじい……。あれはユニークスキルとは違うのですか？」

「ああ。ちょっと特殊なスキルなんだ」

コエさんのスキルに関する知識は俺が直接触れたスキルに限られている。文献でしか知らないスキルは記憶から抜け落ちていても無理はない。

「訓練しだいでほぼ誰でも覚えられるコモンスキル。個々人の資質に由来するユニークスキル。この二つはどこでも見かけるけど、一部の地方でしか見られないスキルが実はあるんだ」

ある人曰《いわ》く。世界にはマナという力の流れがある。それは絶えず世を巡っているが、地形や地勢、気候、あるいは特殊な生物群によって特異性を帯びることがあるという。

極寒、酷暑、瘴気《しょうき》、毒気、魔性鉱脈、神竜種……。

時に、それら特異なマナに対応した特異なスキルを発現する者がいる。

「地精《エンデミック》のスキル。生まれ育った『大地』に根差し、その土地においては無類の力を発揮するスキルだよ」

かつてこの土地の王だった狼人《ウェアウルフ》の伝承。

『疲れを知らぬどころか、戦いが続くほどに強く猛《たけ》った』

大地のマナで武装し、発動させ続ける限り強く、硬く、速く。そして気高く猛り狂う。

「それがシズクのエンデミックスキル【装纏牙狼《ソウテンガロウ》】だ。この土地で戦う限り、彼女に敵《かな》う者はいない」

【マナ活性度：905】

シズクの纏うマナがますます輝きを増す。その光に、彼女の心の声が聞こえた気がした。

返せ。

返せ。

返せ。

奪われたものを返せと、戦いながらそう叫んでいる。

「マスター？」

「……いや、なんでもない」

自分の思考に思わず苦笑いする。

俺はシズクと知り合ってまだ間もない。彼女がどんな経緯でこの町に来て、どんな生活を送ってきたのかを俺は知らない。考えていることが分かるなんて自惚《うぬぼ》れだと、そう思おうとしたけれど。

「……せ！」

黄金色の軌跡を描いて走るシズクの叫びが、夜の冷たい空気を引き裂くようにここまで届いた。

「返せ！」

押し包もうとする傭兵《ようへい》をことごとく薙《な》ぎ倒し、シズクは進む。自分を苦しめたゲランから全てを奪い返すように。奴を守る人間の壁を一枚また一枚と破り捨てるように進軍する。

返せ、返せ、返せ。シズクは叫ぶ。

「返せ！」

財産を。

「返せ!!」

時間を。

「返せ！！！」

尊厳を。

「返せ！　ボクの、全部！！！」

自分は狼人《ウエアウルフ》だ。誇り高い戦士の末裔だ。

その想《おも》いだけを拠《よ》り所《どころ》に、小さな体の奥底に押し隠していただろう感情たち。悔しさ、怒り、悲しみ、そして憎しみ。その全てを爆発させた一人の少女は、三十人を超える傭兵を地に沈めてなお猛り狂う。

そこに俺たちの介入する余地はない。だが、それでもできることはある。

「行こうか、コエさん」

「はい、マスター」

「【空間跳躍】、起動」

追いかけるのは、傭兵たちを盾にして一人逃げてゆく太った背中。シズクから悪辣な手段で搾取を図った、全ての元凶といえる男ゲラン。その足が向かう先には予想がつく。

先回りするように、俺たちは空間を跳躍した。

【マナ活性度：4,064】

◆◆◆

「ひい、ひい」

「遅かったな。運動不足なんじゃないのか」

ヨタヨタと走ってきたゲランの進路上に立ちふさがると、その足が止まった。

「き、貴様らは」

「『地下』に用事か？」

「なっ……なぜそれを……!?」

汗だくの顔は、しかし真冬のように青ざめてガクガクと震えている。

ここは奴の事務所。真っ二つに切れた建物は夜闇の中でも異彩を放っているが、奴の目的は『地上』ではない。

「昼間に切り落としたお前の右腕たちは地下に転送したわけだが……。その時、地下に妙な空洞があることに気がついた」

物体の座標を移せる【空間跳躍】は強力なスキルだが、自分の行き先を誤れば『石の中にいる』ということも起こりうる。使用前には感知系・知覚系のスキルで跳躍先を走査することが必須だ。

それによると、事務所の地下には人が数人入れるくらいの小さな空間があるらしい。

「そこに隠れるつもりなんだろうが……」

「じゃ、邪魔する気か!? 貴様ら、あんな化物をけしかけて逃げることも許さんとは……! 人の心はないのか! 悪魔めぇ!!」

人の心はないのか。悪魔。

ゲランの言葉に、思わずコエさんと顔を見合わせた。

「マスター、あれも冗談というものなのでしょうか?」

「そうだな。そう思っていればいい」

たちの悪い、笑えない冗談だ。そんなものに付き合っている暇はない。

さっさとこちらの用件を済ませるとしよう。

「聞け。地下に逃げればお前は死ぬ。石の部屋だろうが鉄の金庫だろうが、シズクがここに追いつけば藁《わら》でできた家と変わらない。フーと吹き飛ばされておしまいだ」

「ひっ……！」

「それは俺の望むところじゃない」

傭兵たちはその道のプロで武装もしている。簡単には死なないだろうし、そもそも金をもらって命を張るのが仕事だ。だがこいつは、ゲランは違う。

不本意ながらこいつは『善良な市民』なのだ。シズクがこいつを手に掛ければ罪になる。俺にもそれは覆せない。

「俺はそれを防がないといけない」

「貴様ら、ワタシを守ってくれるのか!?　なんだ、そういうことなら早く言え！　まったく!!」

「マスター、今のは？」

「冗談の好きな人みたいだな」

「へ？」

俺たちのやり取りにゲランの顔がぴしりと凍りついた。俺からゲランへの指示はたったひとつ。

「ここから一歩も動くな。一歩たりともだ」

「で、でもアイツがもうすぐここに……！」

「忘れたのか？　俺のスキルは切り落とされた手でも再生できる。お前がどんな状態になろうとも、必ず治せる」

「ひっ、ひっ、ひぃ！」

情けない声を出すゲラン。だが、ゆっくりと怯《おび》えている時間はどうやらないようだ。背後でズン、と何かを吹き飛ばす音がして、黄金色の光が夜闇の中から迫りくる。

「――見つけた」

【マナ活性度：81,937】

その金色の目にあるのはすでに怒りでも憎しみでもない。抱え込んだ感情を出し切り、過去を全て清算せんとする瞳。その眼差《まなざ》しがまっすぐとゲランを見据えた。

「ひいいい！　来る！　アイツが来るううう！　た、頼む！　助けてくれ頼むうううう!!」

「だから助けると言っている。お前は俺が死なせない」

「そうじゃなく……うわあああああああ!!」

キヌイの夜に、汚い悲鳴が迸《ほとばし》った。

4.『蒼《あお》のさいはて』

明けて、翌朝。

「おやマージさんがた。どこかお出かけですか？」

「ちょっとそこまで」

「……話しかけられたの、今ので何人目だっけ？」

「八組、十四人目です」

四十名を超える傭兵が地面に転がっているのが発見され、宿場町キヌイは一時騒然とはしたものの。「守銭奴のゲランが凄腕《すごうで》の旅人に戦争を仕掛けて、見事に返り討ちに遭った」という話が広まるにつれて落ち着きを取り戻した。

それどころか。

「やあ、よいお天気ですね。マージさんたちに会えるとはますます気持ちがいい」

「全てを切り裂く神狼《しんろう》の力って聞いたぞ。どうやってそんな凄いスキルを覚えたんだ？」

「おにーさんって建物を切った人でしょ？　彼女いる!?　あ、隣にいた……」

通りを歩くだけでものすごく声をかけられる。中には遠巻きにする人もいるが、八割がたは好意的な目を向けてくるから驚いた。あのゲランとかいう男は一体どれだけ嫌われていたのだろう。

隣ではコエさんが、肩を落として立ち去る十歳くらいの女の子に「よい一日を」と手を振っている。

「シズクの活躍もきちんと広まってるな」

「なんかボク恥ずかしい……。それよりこれ、何に使うの？」

尻尾を震わせて歩くシズクの両手には金貨のぎっしりと詰まった袋が握られている。言わずもがな、あのゲランから手に入れたものだ。

全てを奪いに来たのだから、こちらも全てを奪う。

そう言って勝ちはしたものの、財産というのは有価証券やら宝石類やらいろいろな形になっていてややこしい。だからひとまず現金だけ取り上げてきた次第だ。それでも数百万インはあるだろう。

「正確には七四七万とんで六三一インでした。端数は欠けた金貨です」

「日雇い力仕事の相場が日給一万イン、中堅冒険者の月収がおよそ五〇万イン。それなりの額だな」

「そうなのですか？　マスターがギルドにいらした頃の月収はにじゅ……」

「それを言ったらシズクの方がよっぽどだから」

仮にも最上位S級にいたのに月収は中堅の半分。今になって思えば本当によく働いていたものだ。

「二人は旅してるわけだから、じゃあこれも路銀だろうけど……いつまで、この町にいてくれるの？」

「いいや、これはここで使い切る。それまではいるさ」

「……へ？」

シズクが目を上げてこちらを向いた。俺は人の行き交う通りを見渡しながら説明する。

「キヌイは宿場町だ。こうして賑《にぎ》わって見えても、住人は一〇〇人いるかどうか。そんな町からこれだけの額を持ち出せば経済に支障が出かねない」

時として金は『ある』ことそのものが価値を生む。資産として担保になったり、大きな商機や災害の備えになったり。思慮なく動かすことは思わぬトラブルに繋《つな》がってしまう。

金に困っているわけじゃなし、ここはさっぱり使い切って行くほうが賢明だ。悪銭身につかずならぬ悪銭身につけずである。

「シズクにとってはあんまりいい思い出のない町かもしれないが……」

「ううん。町に、土地に罪はない。それだけはボクも分かる」

「シズクは強いな」

「あ、ありがと」

シズクは納得してくれたようだが、なぜかコエさんが珍しく不満げな顔をしている。

「マスター、貴方《あなた》がこの町のことまで考える義務は……」

「ああ、ないよ。だからこれは俺のワガママだ」

ゲランという一人の男のために、無関係な住人がこれ以上の迷惑を被る。それがなんだか気持ちよくないだけだ。

「……マスターは、もっとご自分の幸せを考えていいと思います」

「今はだいぶ自分勝手に生きてるつもりなんだが」

「お分かりでないようなので、マスターが幸せになれる方法は私が考えます」

ちょっと怒られた。なぜ。

「とにかく行こうか。【空間跳躍】、起動」

いちいち声をかけられていたら日が暮れてしまうので、一足に目的地へと跳ぶ。

さて、使うとは言ったが何度も言うようにここは小さな宿場町。七〇〇万インを一度に使い切れる場所など限られる。

「ここって……？」

「宝石店だ」

「宝石！」

シズクが見上げた看板には銀字で『リノノ宝飾店』と刻まれている。

「重たい現金よりも宝石のほうがいい。そういう需要があるから街道沿いにはたまにあるんだ、こういう店が」

「そうか、ものの価値ってそういうところにも宿るんだ」

「ああ。それに気づいたここの店主はきっと賢い人だな」

「高級そうで、近づくだけで押し返されるような圧は感じるけどね……」

ちょっと分かる。

「さて、と。店主、いるかい？」

「はいはいはいよ。おまっとさん」

宝飾店の店主というから髭《ひげ》を蓄えた老練の紳士とかかと思ったら、二十代半ばほどの快活そうな女性が出てきた。長い黒髪が白いブラウスによく映える。身のこなしには経験と慣れが滲《にじ》んでおり、若さに似合わぬ腕と目の確かさが窺《うかが》える。

いい買い物ができそうだ。そう判断し、俺はシズクの手にある金を指差した。

「これだけある。三人で揃《そろ》いのものを見繕ってくれないか？」

シズクが勢いよくこちらを振り向いて「三人!?」という顔をしている。尻尾の毛羽立ちがすごいことになっているが、かまわず続ける。

「ふむ、なかなかの大金だね」

「七四七万とんで六三一インです」

「細かくありがとう。それならお誂《あつら》え向きのものがある」

「お誂え向き？」

そう都合のいいものも無いだろうと思って、取り寄せの時間くらいは覚悟していたが。奥に引っ込んだ店主はすぐに戻ってきた。手にしたトレイには琥珀色《こはくいろ》のペンダントが三つ。

ただの琥珀かと思ってよく見ると、どうやら輝きの色味がそれぞれ違う。

「この土地に住んでいた狼人族《ウエアウルフ》が身につけていたとされる、妃石《ひせき》のペンダントだ」

妃石《ひせき》。

宝石にマナが宿ったものだ。本来なら蒼い宝石《サファイア》が熱気のマナを宿して紫水晶《アメジスト》よりも深い紫苑《しおん》に輝くように、石そのものの色味や光沢が変化したものをそう呼ぶ。ちなみにただの石にマナが溜《た》まれば『魔の来たる深淵《しんえん》』でも見かけた『夜光石』。マナそのものが固形化した希少鉱石が『帝石《みかどいし》』だ。

エンデミックスキルが発現するほどマナが特異な土地ならば、なるほど妃石《ひせき》があってもおかしくはないが……。

「狼人《ウエアウルフ》ゆかりの品なのか？」

「あんたら、噂《うわさ》のマージさんとシズクちゃんだろ？　狼人族《ウエアウルフ》のもんならあんたらが持ってるのがお似合いだ。ちっとばかしサービスにゃなるが、あたしもゲランには辟易《へきえき》してたんでね。持っていきな」

タダで渡せりゃかっこいいが、こっちも生活があるもんでね、と。

店主はそう言って、トレイをこちらに押し出した。

「ほら、シズク。君のぶんだ」

「でも、こんな高いもの……」

「本来なら、シズクがつけるべきものだ」

シズクの首に、特に黄金色の色味が強いものをかけてやる。【装纏牙狼《ソウテンガロウ》】の輝きに似たそれをじっと見つめると、シズクはそれを両手で握りしめた。

しばらくそうした後、シズクは意を決したように顔を上げた。

「マージ、ちょっと聞いて欲しいことがある」

そうしてなぜか店の外へ。人気のないところに連れ込まれ、一体何をされるのかと思ったが、シズクは緊張した面持ちで周囲を見回してから、言った。

「ボクはマージにお礼がしたい」

「人気のない路地で、二人きりで……？」

何か違う意味を理解したのかシズクの顔がぼっと赤くなった。が、ぶんぶんと邪念を払うように頭を振ると、俺の目をまっすぐに見つめて、言った。

「ボクの生まれた場所に来て欲しい」

そこは狼人《ウエアウルフ》の住む場所。全てを奪われた者たちの寄留地。

「狼《おおかみ》の隠れ里だ。小さな里だからもてなしはあんまりできないけど……」

そこで言葉を切って、シズクはもう一度辺りを見回した。

「『蒼《あお》のさいはて』がある」

「ダンジョンの名前、か？」

聞き覚えのない名だ。だが固有名をつけられるダンジョンはA級かそれ以上。四十層以上の規模を持ち、それに相応《ふさわ》しい『王』を戴《いただ》く最高位。

「ヒトが知らないS級ダンジョン。それが今のボクに、ボクらにあげられる最大のものだ。……いや、ごめん。やっぱりお礼なんて綺麗《きれい》なことを言っちゃいけないのかもしれない」

シズクが俺の手を握る。その目には、薄く涙が滲んでいた。

「ボクの故郷を助けて。今の里には、マージが必要なんだ」

5.【アルトラ側】人生最大のチャンス・破

「うんめぇ～～～～～～!!」

町中を往《ゆ》く馬車は、職人の知恵とスキルを結集した『サスペンション』なる技術により最高の乗り心地を提供していた。アルトラは上品な走りと贅《ぜい》を凝らした意匠を楽しみながら、鉛鍋でじっくりと甘みを出したワインをくゆらせる。まるでホテルの一室でそのまま出かけているかのようだ。

ゴードンも二人分の座席を使って大きな体をゆったりと伸ばし、窓の外をせかせかと歩く人々の姿を楽しんでいる。

「とても魔物狩りに向かっているとは思えないな。まるで貴族扱いだ」

「はっ、やっと待遇がオレの『格』に追いついたってとこか」

「速い。これは愉快爽快」

アルトラたちが向かう先は町外れに設けられた一角。この町を含む一帯を治める大領主にして、三代遡れば時の第二王子にあたる貴人、アビーク公爵夫妻への『御披露目会《おひろめかい》』に向かっているところだ。

「つくづくマージに同情するぜ。こんな馬車に乗る機会なんざ一生来ねえぜ、あいつ」

「ふむ、これは五人掛けだが四人でいっぱいだぞ？　もしパーティにいても乗る場所がない」

「おっと、そいつはうっかりだ。あいつはどっちにしろ走りだな！　ハハハハハ!!」

行方知れずのスキル貸しを嗤《わら》いながら、アルトラは自身の栄光に満ちた未来に思いを馳《は》せる。

難攻不落の大迷宮、S級ダンジョン。

最奥に『王』を戴くそれは、成熟しきると魔物が溢《あふ》れ出す『魔海嘯《マカイショウ》』あるいは『ダンジョンブレイク』と呼ばれる現象を引き起こす。大地震や大竜巻にも並ぶ激甚災害であり、ダンジョン攻略によりそれを未然に防ぐことが冒険者ギルドの至上命題であり存在理由とされている。

それを為《な》した英雄が貴族、こと公爵など高貴な人物の前で魔物を討伐してみせ、報奨を受け取る『御披露目会』は伝統ある行事だ。手柄を上げたギルドと冒険者にとっては貴人に目通りするチャンスであり、貴族にとっては護衛、時には将として召し抱えるに足る強《つわ》者《もの》を探す機会となる。

後に貴族の仲間入りを果たした冒険者たちの経歴を紐解《ひもと》けば、そのほとんどがS級ダンジョン攻略後の『御披露目会』を見事にこなしたところから栄光を摑《つか》んでいるほどだ。アルトラたちはまさしく栄光の架け橋に足をかけたと言っても過言ではない。

「披露会場が歩いたら丸一日かかる場所って聞いたときゃあ、いったい何様のつもりかと思ったが……。こんな立派な迎えを寄越《よこ》すんだ。アビーク公もオレのことを相当に買ってるみたいだな」

「そ、そうですね。もう少し遠くてもよかったかも、しれませんけど……？」

「ハッハッハ、確かにこんだけ快適なら一週間は乗っていられるなァ！　なんだティーナ、お前緊張してんのか？　どうせ演《や》るのはオレなのによ」

　意気揚々といった様子のアルトラやゴードン、エリアに対してティーナはどこか顔色がよくない。あるいは乗り物酔いでもしたのかと笑い飛ばしながらアルトラは酒を注《つ》ぎ足す。

　周りの景色がだんだんと変わってきた所で御者の男が声をかけてきた。

「これより町を出ます。少々お揺れが増すかもしれませんが、当馬車は荒れ地でもカップの茶がこぼれないことを要件に造られておりますのでご安し……うわっ」

　不意に馬車がゆれ、こぼれないはずの酒がビシャリとこぼれた。

「おォい！　この日のために新調した鎧《よろい》に何してくれんだ⁉」

「も、申し訳ありません！　魔物、魔物です！」

　見れば毒猪《ポイズンボア》のつがいが進路を塞いでいた。

「クソ、雑魚が……。おいゴードン、お前行ってこい」

「すまない、ちょっと乗り物酔いが……」

「オイオイ。じゃあエリア」

「くぅ……くぅ……」

「この騒ぎの中で寝てやがる」

起こすのも面倒だと、アルトラは肩をコキコキ言わせながら馬車を降りた。

「ま、いいや。準備運動にしてやるよ」

牙に猛毒を持つ毒猪《ポイズンボア》は、数十頭の群れで現れればA級パーティも手こずらせる魔物だ。

だが目の前の魔物はわずか二体。S級のアルトラにしてみれば赤子の手をひねるよりも容《た》易《やす》い。

はずだった。

「【剣聖】、起動！」

いつも通りの加速。いつも通りの剣筋。しかし『見える景色』がいつもと違っていた。

「ぎゃん！」

草原を大きく転がり、幾年もあげたことのない悲鳴を上げたアルトラ。痛む体で立ち上がるが、自分でも何が起きたか分からない。

「な、なんだ？　なんにも見えなかった……？」

〝何も見えない〟。

それは目に頼るところの大きいヒト種にとって大変な恐怖を伴う。

スキル【鷹《たか》の目】を持つアルトラは加速していても敵味方がはっきり見えた。だから誰より早く敵を殲滅《せんめつ》できたし、マージの頭上すれすれを掠《かす》めて斬るような遊びもできた。

それが、見えない。

「さ、酒の飲みすぎだな」

毒猪《ポイズンボア》はもう一頭いる。それに狙いを定めると、アルトラはより慎重に剣を構えた。

「【剣聖】、起動！」

結果はまったく同じ。どうにか剣を当てはしたが、まるで制御がきかず無様にゴロゴロと草原を転がる。

「げぇっ、おえっ」

背中を強打し、思わずワインを吐き出した。赤い液体が土に染み込んで消えてゆく。アルトラの脳裏をよぎるのは、追い出したはずの男の言葉。

『【全てを返せ】』

「まさか、いや、ありえん。ありえんぞ」

万が一、仮にそうだとしても打つ手などない。アビーク公爵には剛剣士アルトラの【剣聖】を堂々披露する旨がすでに伝わっている。

御披露目会まで、あと一日。

◆◆◆

果たして、一日はまたたく間に過ぎた。

「これより、英雄『神銀の剣』より戦技の御披露目と相成ります。『魔の来たる深淵《しんえん》』を踏破せしめた絶技、存分にお振るいくださいませ」

アビーク公爵の執事だという黒服の男が朗々と口上を述べる。

魔物を倒してみせると言っても、まさか貴族をダンジョンの中まで連れ込むわけにはいかない。A級冒険者が連れてきた魔物を相手どるのが通例だ。

アルトラの現状に鑑みれば理想は『大物が一体』。例えば四本腕の魔猿・大魔猩猩《イヴィルコング》のような、急所に一太刀が入れば倒せるという敵だ。何も見えずとも速度にまかせて斬り捨てることがあるいはできるだろう。

果たして、御披露目会の舞台にはアルトラの希望通りの魔物が用意されていた。硬い甲殻を持ち、頭を斬り落とされても足がある限り戦う『地底の狂戦士《ベルセルク》』。

「軍隊蟻《アーミーアンツ》の、群れ……」

檻《おり》に並ぶその数、五〇四匹。

アルトラの【剣聖】は高機動を活《い》かした高速かつ精密な連続攻撃が売りということになっている。それを存分に見せつけるならば、群れをなした小型の魔物——といっても猛牛をゆうに上回る体格だが——を一呼吸にバラバラにして見せるのが最善だ。

そう言い張り、A級パーティを総動員して集めさせた珠玉の標的であった。英雄アルトラの望みを叶《かな》えるべくダンジョンを駆けずり回ったA級パーティたちが、万一に備えた警備役として様子を見守っている。

悠然と構える大領主夫妻と、血走った目の冒険者たち。どこか異様な雰囲気の中でアルトラは挨拶を述べる。

「え、えー本日は大変お日柄もよく、勇猛果敢なるアビーク公爵殿下におきましてはつつがなく……」

無言は続けてよいという意味と捉えてアルトラは言葉を繋《つな》ぐ。

「これよりお目にかけまするは、あー、あの魔物どもを我が剣にて粉砕する妙技。血を血で塗りつぶすが如《ごと》き様は、武勇にて名を知られるアビーク公爵殿下のお気に召すことは請け合いでございます」

アビーク公爵家は、戦争で奪った土地を支配する大領主だ。

その知識に基づいて考えた口上に公爵は小さく頷《うなず》く。隣の夫人が口元を押さえているのが目に入ったが、気にしている余裕はアルトラにはない。

「で、では参ります」

アルトラの挨拶が終わるとゴードンが隣に立った。盾を携え、舞台へと向かう。

「なんで急におれまで?」

「黙って立ってろ。いいか、なるべく魔物をお前の周りに集めるんだ」

ゴードンを前に押し出して剣を抜き放つ。さる名工が鍛えた神銀《ミスリル》仕込みの逸品は陽光を浴びて白銀に煌《きら》めき、冒険者たちからホウ、と感嘆の声が漏れた。パーティ名で『神銀の剣』を名乗るならこれは買わねばと、なんだかんだと理由をつけてマージの分配を減らしたのは何年前だったろう。

それから奴《やつ》の分配を減らし続けたんだったなと、アルトラはそんなことを思い出していた。

「戦技披露、はじめ！」

執事の声に応え、檻が開かれる。突進する三〇〇本の脚が大地を揺らす。

「【黒曜】、起動！」

硬質化のスキルが発動し、ガインッ、と鉄塊を石で殴ったような音とともに軍隊蟻《アーミーアンツ》の突進とかちあった。ゴードンは一〇歩ぶんほどの距離を大きく押し込まれながらも魔物の足を押し止《とど》める。

アルトラにとっては絶好機。神銀の剣を構え、叫ぶ。

「【剣聖】、起動！」

いつも通りの加速。いつも通りの剣筋。しかし。

「ぎゃん!!」

大きく踏み込んだアルトラは軍隊蟻《アーミーアンツ》の遥《はる》か後方、魔物の檻に衝突して悲鳴を上げた。

「あ、アルトラ？　何をしてるんだ？」

ゴードンが驚きの声を上げるが、アルトラは咄嗟《とっさ》にアビーク公爵を見上げた。冷めた、道端の石でも見るような目。

「い、いやー、ハハハ！　ちょっと調子が悪いみたいでハハハハハ！　だ、大丈夫です！

次はちゃんとやりますから！」

剣を構える。

「【剣聖】、起動！」

一体の足を切り落とし、地面に突っ込む。剣を構える。

「【剣聖】、起動!!」

触覚を落とし、転ぶ。剣を構える。

「な、なーんちゃって、ははは……！」

アルトラの様子にA級たちがざわめく。S級に至らずとも一流の域にいる彼らの目には、初めて間近で目にするアルトラの問題は明らかだった。

「あれ、何も見えてないんじゃないか……？」

「いや、アルトラさんは【鷹の目】のポイントがかなり高いはずだぞ」「それはマージ君が貸したスキルって聞いたし、返したのかしら」「え？　マージが貸したのは【高速詠唱】や【魔力自動回復】だろ？」「儂《わし》はゴードン殿に色々貸したと聞いたが」「ティーナさんに一〇個くらい貸してるんじゃないのか？」

それぞれの知る『マージの貸した』スキルの情報が積み上がってゆく。

「マージは、いったいいくつのスキルを貸してたんだ……!?」

マージが尋常でない数のスキルを貸し出すことで『神銀の剣』は成り立っていたという、にわかには信じがたい事実。だがアルトラの醜態を前にして誰も否定できない。

ここにきてゴードンも異常事態だとはっきり認識し、後ろのティーナに向かって叫ぶ。

「ティーナ！　回復を、【天使の白翼】でアルトラに回復を！」

ティーナはびくりと大きく震え、おそるおそる手を前へ翳《かざ》した。

「【天使の白翼】、起動……！」

何も起きない。常なら一息で完治しているはずのアルトラの傷はそのままそこに晒《さら》されている。

「【天使の白翼】、起動。起動！　ああ……、やっぱりなくなってる……私の、天使の力……。天よ、天よ、私がどのような罪を犯したというのですか！　ああああ……」

ティーナが顔を押さえて崩れ落ちた。

「な、泣いてる場合か！　アルトラが……！」

「ぐは……！」

幾度目かの【剣聖】は的外れの方向へと飛んでエリアの足元に転がった。泥にまみれたアルトラを、エリアはしゃがんで覗《のぞ》き込む。

「え、エリア……古代魔術で、何か強化《バフ》を……」

「使えない」

「へ……？」

「古代魔術は現在使用不可。よって、現状の私に可能な最大限の援護を行う」

エリアは自分の口に右手の人差し指を入れた。それをアルトラの額にぺたっとつける。

「ツバをつけておけば治るらしい」

「は……？」

打つ手なし。言うことをきかない体で、アルトラは公爵の席にどうにか目を向ける。

そこにはもう、誰も座ってなどいなかった。

「あ、あああああああああああ……!!」

アルトラに立ち上がる気力はもうない。その後方、ゴードンもまた五〇の軍隊蟻《アーミーアンツ》に囲まれて押し潰されようとしていた。

「お、おい！　何をしてるんだ!?　なぜか大剣が振れないんだ！　早くこいつらを、こいつらをおおおおお!!」

ゴードンの【黒曜】は体を硬質化でき、重量も増すため盾役としては非常に優秀なユニークスキルである。犠牲となる機動力や攻撃力はマージが貸した【腕力強化】【瞬足】などで補っていたが……。それが失われた今、大剣を振ることはおろか移動すらままならない。

硬ければ死なない。だが敵を倒すこともできない。スキル効果が切れるまで、ゴードンは自分の目玉をガリガリと齧《かじ》る蟻《あり》の大顎を見続けることとなる。

やがて見かねたA級パーティとアビーク公爵の私兵が助太刀に入り、史上類を見ない御《お》披露目《ひろめ》会は幕を閉じた。

◆◆◆

「書簡をお返しに伺いました。これは旦那様へはお通ししかねます」

混乱と失望のうちに終わった御披露目会から、七日が経《た》った。

せめてアビーク公爵に弁解を。面会を申し出る書面を送ったアルトラたちに、拒絶の印が押されたそれを突き返しにきたのは例の執事だった。秘書を兼任しているという。

深夜のギルドで誰もいなくなるまで待っていたアルトラは必死に食い下がる。

「待ってくれ！　いや待ってください！　話せば分かるはずなんです！」

「はて、何が分かるというのでしょう？」

「で、ですからあの日は調子が……。それに裏切り者が……」

「よいですか、アルトラ様。貴方《あなた》は何か勘違いされておられるようですが」

黒服の執事兼秘書は、白手袋をはめた手で指を三本立てて見せた。

「旦那様は無為な争いを好まぬ方。思慮深く、慈悲深く、そして寛容であることを是としております」

「そ、そりゃもう存じてますとも」

アルトラの返事を受け流し、一本目の指を折る。

「スキルに不調があったのなら、貴方は思慮の上でそれを申し出るべきでした。さすれば二ヶ月後、三ヶ月後に再びの機会を設けられたのです」

そんなことを言えるものか、とアルトラは出かかった言葉を飲み込む。それを返答と見て執事は二本目の指を折る。

「しかし、試さずには諦めきれないのもまた人の性《サガ》。そうした失敗なら誰にでもあると慈悲深い旦那様はお考えになります。一度目の失敗の後も席におられたのがその証《あかし》。しかし……」

執事は片眼鏡をクイと持ち上げる。

「貴方は、二度目を撃った」

「に、二度目？」

鸚鵡《おうむ》返しするアルトラに執事は諭すように言う。

「制御できないと分かっているスキル【剣聖】を、貴方は二度、三度、四度と撃った」

「それが……？」

「旦那様や奥様に当たっていたとしても不思議はなかった、ということです」

「……!!」

アルトラの【剣聖】は目で捉えることすら叶わぬ高速攻撃。人間に向かえば結果は火を見るより明らかだ。

もしも。もしもそうなっていたら。

投獄、拷問、縛り首。アルトラの頭に不吉な単語が湧き出し、まるで足元が崩れ落ちるような感覚に襲われた。床に手をついたアルトラに執事は三本目の指を折る。

「ですから私が席を外していただいたのです。寛容な旦那様は、貴方を罪に問うことはしないとおっしゃられております。貴方はまだ若い。どうぞ視野を広く持ち、お命を大切になさいませ」

「し、しかし……！　何か、何か方法はないんですか!?　せめて一度でも話を！」

なおも食い下がるアルトラに執事は肩をすくめてみせた。

「そうですねぇ……。天変地異か、それか民衆の蜂起にでも気づかれたらおいでくださいませ。領地を治める者としてお会いくださるかもしれませんよ。では」

事実上の完全拒否。立ち去る執事を、アルトラは黙って見送ることしかできなかった。

「……くそ、クソッ!!」

己の出世への道が閉ざされたことを知り、アルトラは床を叩《たた》く。

「マージの野郎が、あいつが……!!」

エリアは魔術を使えず、ティーナは治癒の力を失った。ゴードンの【黒曜】は健在だが、全身を軍隊蟻《アーミーアンツ》に削られた精神的なダメージでしばらくは動けない。

S級パーティ『神銀の剣』は、その機能を完全に失った。

「……いや、まだだ」

全てを失った暗闇の中、アルトラは残ったひとつの光明に気がついた。それを握りしめるように立ち上がる。

「錬金術士だ！　天才錬金術士アンジェリーナ！　あいつがまだ来ていない！」

マージを追い出すにあたり補充人員として呼び寄せていた錬金術士。エリアと違って学術に専念していた才媛が、何の気まぐれか『神銀の剣』に興味を示したのだ。

たしか遠からず到着すると連絡があったはず。

「貴族がダメなら学者だ！　学会で将来を嘱望される天才が二人もいりゃあ、どっかしらに突破口は開けるはず！　視野を広く持てとはよく言ったもんだ!!」

エリアは様子がおかしいが、過去の実績が消えるわけではない。何かしら使《つか》い途《みち》はあるだろうとアルトラは夜のギルドで一人ゲゲゲと笑う。


そんなギルドにほど近い宿屋に、一人の若い錬金術士が宿泊していた。町には着いたが日が落ちてしまい、ギルド訪問を翌日に延ばした彼女の名は『アンジェリーナ』。

「いよいよ明日ですねー明朝ですねー」

テーブルに着く彼女の前には手のひら大の小さな石人形。ゴーレム、とも呼ばれる傀儡《くぐつ》はまるで意思を持っているかのように彼女の言葉にコクコクと頷《うなず》く。

「とっても楽しみです。どんな人ですかねー、【技巧貸与《スキル・レンダー》】！」

そんな彼女の意図を、アルトラは知るよしもなかった。

第2章

“SKILL LENDER”
Get Back His Pride

Before I started lending,
I told you this loan charges 10%
interest every 10days,
right?

1．スキルポイント

【返済処理を開始します。スキル名：持続時間強化　債務者：シズク】

シズクとの出会いから十日。その間ずっと世話になっている宿屋に、俺はコエさん、シズクと集まっていた。スキルの回収処理のためである。

「全開の【装纏牙狼《ソウテンガロウ》】ともしばらくお別れかー……」

最初に貸したスキルの貸与期間が今日で終了した。同じ部屋にいなくても回収はできるのだが……。見てみたいというシズクの要望で、こうして三人で顔を突き合わせている。

「お別れと言っても【装纏牙狼】が消えたわけじゃない。【持続時間強化】も必要になったらまた貸してやるから」

「そうかもしれないけど。やっぱり普段は十秒しか使えないとどうしてもね……」

「……なんと」

処理を終えたコエさんが驚いたような声を上げた。どうしたのと小首をかしげるシズクに、コエさんはゆっくりと微笑《ほほえ》みかけた。

「おめでとうございます。【持続時間強化】はシズクさんの中に残っておりますね。スキルポイントは現在【1,242】です」

「どういうこと?」

「図らずも自前のスキルになったな」

「あ、ありがとう？　え？」

シズクが晴れて【持続時間強化】を習得した。

理由を説明しだすと少々長いので、次の目的地に向かいながらにしよう。俺がそう提案し、狐《きつね》につままれたような狼《おおかみ》と連れ立って俺たちは宿を出た。

目指すは町の外だ。

◆◆◆

『ボクの故郷を助けて』

シズクからそう頼まれたのが一週間ほど前。彼女の生まれた『狼の隠れ里』はさほど遠くないというが、予期せぬ出来事により俺たちはキヌイでの滞在を続けていた。

「魔物の討伐を請け負ってくださらんか」

町長、すなわち宿場町キヌイの代表者からそう依頼されたのだ。

「ここ数ヶ月、キヌイ周辺の魔物があまりにも活発化しておるのです」

「ええ、俺たちも町に入る前に襲われました。撃退しましたが」

「町としても何か手を打たねばと、四〇人からの傭兵団《ようへいだん》を呼び寄せたんじゃが……。仕事の前にほとんどが寝込んでしまっての」

四〇人の傭兵団と聞いて、俺とシズクは顔を見合わせた。

そう、あの夜にシズクが【装纏牙狼】で叩きのめした傭兵団である。

「いや、責はあくまでゲランと、小遣い稼ぎのつもりで首を突っ込んだ傭兵団にある。それでも魔物はどげんかせんといかん。傭兵四〇人の代わりが務まりそうな方が現状、貴方がたしかおらんでしてな……」

せめて交代の傭兵団が到着するまでは魔物狩りを引き受けてもらえないか、そう頼まれて今に至る。予想外の仕事ではあったが、これは『狼の隠れ里』を救うことと必ずしも無関係ではない。

「俺たちが町に着く前にも尋常じゃない魔物に襲われたが。あれもダンジョン『蒼《あお》のさいはて』のせいなのか」

「……そうだと思う」

「そこまで魔物が漏れ出しているなら『魔海嘯《マカイショウ》』まで早くて半年ってところか。シズクが里から出てこなければ危ない所だった」

ダンジョン内の魔物が自分から地上へ出てくることは通常ありえない。その例外が『魔海嘯《マカイショウ》』、あるいは俗に『ダンジョンブレイク』と呼ばれる現象だ。

生きた迷宮であるダンジョンは長い時間をかけて成長しており、最奥にいる魔物の格によって最終的な規模は変動する。その中でも四十層を超える広大さとそれに相応《ふさわ》しい『王』を戴《いただ》くものがS級ダンジョンだ。

そうしたS級ダンジョンが成熟しきると、中身が一斉に地上へと溢《あふ》れ出す。周辺一帯はヒトの生存を許さぬ魔境と化し、そうしてできた死の土地に俺たちの世界は囲まれている。

低階層の魔物が地上にこぼれ出るのはその予兆。キヌイ周辺で今まさに起きているのがそれだった。

「ダンジョンを攻略しても地上に出た魔物が消えるわけじゃない。代わりが来るまでに粗方片付けて、後ろの憂いなく『蒼のさいはて』へ向かうことにする」

「うん」

「はい、マスター」

「【斥候の直感】、起動。……多いな。あちこちに魔物が群れてる」

【神眼駆動】とも合わせて把握した敵数、計一〇四体。俺は敵影の濃い方向へ向けて手を翳《かざ》した。

「【亜空断裂】、起動。切り裂け」

空間ごと切り裂く攻撃に、物理的な防御力は意味をなさない。一〇四個あった魔物の影が即座に細かい一〇七八個の影になった。

「次だ」

「すごい……。こんな狩り方、見たことない」

「移動の間に、朝の続きをしようか。スキルの話だ」

歩きがてらめぼしい素材を集めながら、出発前の話を再開する。

「さて、なんでシズクが【持続時間強化】を覚えられたかだが、スキル習得の仕組みからすれば当然なんだ」

「仕組み?」

「スキルの仕組みは単純。該当するスキルポイントが【1,000】あるなら使える。ないなら使えない。これだけだ」

「うん。それはボクも知ってる」

普通にスキルを覚えるなら、最初の【1,000】までは地道にコツコツと勉強と訓練を積むしかない。俺もそうしてアルトラたちに貸すスキルを覚えたものだ。

習得できたあとはスキルを使うことでポイントが貯《た》まり、強化されてゆく。ある閾値《いきち》を超えると進化するスキルもあり、俺の手持ちはその大半が進化済みだ。

「俺の【技巧貸与《スキル・レンダー》】はそのスキルポイントをやり取りできる。厳密には『スキルを貸す』というより『スキルポイントを貸す』スキルなんだ。十日以上の期間を設定して好きな量のスキルポイントを貸し出せる」

ただし貸せるのはスキルごとに一人ずつだ。毒耐性スキルを【範囲強化】を持つ者に貸して全体に効果を及ぼす、のような工夫はできるが、スキルとして持てるのはあくまで俺ともう一人のみ。ポイントが【100,000,000】あるスキルから【1,000】だけ貸したなら残りの【99,999,000】は自分で使うほかない。

「ポイント【1,000,000】ずつ一〇〇人に貸せたらすごいよね。スキルの軍隊になりそう」

こういう発想ができる辺り、シズクはやはり賢い子なのだろうと思う。きっと良い教育者に恵まれたのだろう。

「さて、そうして貸したスキルポイントは利息が十日で一割。【1,000】借りたら【1,100】返さないといけない。利息の【100】は使って増やさないといけないわけだ」

「増やせなかったら？」

「【-100】になる。負債だ」

「スキルポイントにマイナスなんてあったんだ……」

うっかり一〇〇〇万なんて貸そうものならシズクは十日で一〇〇万を稼がないとならなくなる。エリアの【高速詠唱】が六年使い続けて【1,212,000】だったのを考えればまず不可能。もともと鍛えていたスキルでもない限り負債が確定する。

さらにマイナスにも下限があるらしく、底を打つと他のスキルのポイントさえも吸い取り始める危険性がこのスキルにはある。

「スキルポイントにマイナス域があるなんて俺も聞いたことがなかった。まだまだ未解明な部分で俺にも迂闊《うかつ》には触れないんだ」

俺が【技巧貸与《スキル・レンダー》】を最低限しか使っていないのはそのためだ。だからシズクには返せなくなるほどの量は貸さないし、期限も最低の十日と決めている。

「さて、ここまで言えばどうしてシズクが返済後も【持続時間強化】を手元に残せたか分かるんじゃないか？」

考えること、数秒。

「……あー」

「当ててやろうか。戦闘中以外もヒマさえあれば【装纏牙狼】を使ってたな？」

「ずっと使ってポイントを貯めれば、長く使えるようになったりしないかと……。あれで【持続時間強化】のポイントが【2,342】まで貯まって、返しても【1,242】残った？」

「正解」

簡単に言っているが、それこそ寝食を忘れるように使い続けてやっとという世界だ。教えれば無理にでもやろうとすると思って黙っていたのだが。

まさか勝手にやるとは思わなかった。シズクの【装纏牙狼】にかける想《おも》いの強さを侮っていた形である。

「そうだったんだ……。じゃあ、他のスキルも同じように……？」

「シズクさん。増やせるから借りよう、は借金で破滅する方の思考と伺っております」

横でニコニコしながら聞いていたコエさんが、スンと冷たい目になって釘《くぎ》を刺した。

「わ、分かってる」

「他に欲しいスキルでもあるのか？」

俺のスキルは強力なものもあるが、シズクにしてみれば【装纏牙狼】こそ唯一最高のはず。と思っていたら、シズクは俺の手にある軍隊蟻《アーミーアンツ》の大顎を指差した。

「収納のやつ」

「これか？」

一抱えある大顎を手から消してみせる。俺が収納系スキルと呼んでいるものだ。

「絶対に便利だよね」

素材を拾いながら歩いている俺たちだが、数百の魔物から集まる牙や爪は相当な量になる。背嚢《ザック》で担いでいたらどんなことになるか想像もつかない。

「それってなんていうスキルなの？」

「これはそういうスキルがあるわけじゃないんだ。三つのスキルを組み合わせてそういう風に使ってる」

もし自由自在に荷物を出し入れできるスキルがあったら最強なんてものじゃない。世界の流通、情報、暗殺……あらゆる分野に革命をもたらすだろう。ユニークスキルだとしても再現を試みる研究者が大勢現れ、おそらくは実現されるに違いない。

「まず【神代《かみよ》の唄】で習得した『冥氷術《コキュートス》』。術者が解かない限り千年は溶けない氷を生み出す魔術だ。あと【空間跳躍】に、その範囲を広げる【森羅万掌】だ。これを使って集めた素材やらを収納してる」

「……冷凍保存、とか？」

不戦敗は嫌だという顔でシズクがひねり出した答えがそれだった。温暖なアビーク領で冷凍保存の概念を知っているのは大したものだが、残念ながら少々違う。

「まず、『冥氷術《コキュートス》』で氷の箱を作る。【無尽の魔泉】【詠唱破却】、起動」

空中に冷気が集まり、生み出されたのはシズクの背丈よりやや大きい白の球体。千年は溶けず砕けない氷の卵だ。

「中身は中空にしてある。卵みたいなものだな」

「これを?」

「【空間跳躍】で上へ飛ばす」

「上……?」

球体が消え、後には押し倒された草だけが残された。

「空のさらに上、星の海とも呼ばれる暗い領域だ。かつて飛行系スキルを極めた探検家が高山から飛び上がって到達したらしい。彼はそのまま帰ってこなかったが、上空で遺《のこ》した記録が見つかっていて、それによると星の海まで至ったものはしばらく落ちてこない」

「……あの球の中に素材を飛ばして出し入れしてる、とか?」

「正解」

上空に飛ばすのは何もないからだ。地上や地底は人に動植物に岩や水と、とにかく情報が多い。エリアから取り立てた【神代《かみよ》の唄】で脳の処理能力も強化されたが、それでも走査するなら上空の方が楽、というのが俺の結論だった。

「スキルはシナジーで選べ、ってマージがいつも言ってるのってそういうことなんだ」

「その言葉は受け売りだけどな」

古巣のリーダーだったアルトラには最後まで欠けていた考え方だ。

【剣聖】はまだ取り立てていないが、【鷹《たか》の目】や【斬撃強化】とのシナジーが失われた今となっては起動してもまともに扱えまい。スキルがなくなっていることには流石《さすが》にもう気づいただろうか。もし何か手遅れになっていたとしても、それは【剣聖】が本来の性能を取り戻した結果に過ぎないが。

「【剣聖】、か」

もしシズクが【装纏牙狼《ソウテンガロウ》】と【剣聖】を同時に持てば、加速系スキルの相乗効果で強いシナジーを生むかもしれない。ただ効果を生むほどのポイントは返済できないだろうから無期限で貸し出すしかなく、おそらく実現はしないだろう。

「そろそろ次の群れが近い。行くか、シズク？」

「行く。【持続時間強化】【装纏牙狼】、起動！」

シズクの姿がかき消え、感知可能な範囲から次々に魔物が消えてゆく。

四日後に交代の傭兵団が到着する頃には、キヌイ周辺の魔物はそのほとんどが掃討されていた。

◆◆◆

「これを町長さんへ」

「へ？」

先日、町長に付き添って俺の宿を訪れた秘書に討伐証明も兼ねて素材を手渡す。最終的に氷の卵一二個に満杯の量が集まり、町長宅の庭には人の背丈ほどの白い球体がゴロゴロと転がっている。開けておいた穴から卵の中身を覗《のぞ》き込んで、若い秘書はその場で書き留めるつもりだったろう帳簿をぽろりと取り落とした。

「あの、これは？」

俺に代わって、コエさんが答える。

「討伐した魔物から採取した素材類です。報酬と別に買い取っていただけるとのことでしたので、こうしてお持ちしました」

普段はダンジョンでしか穫《と》れない軍隊蟻《アーミーアンツ》の大顎などは希少素材だ。末端価格で数千万インに届きかねない宝の山を前に、秘書は顔を青くして首を横に振った。

「むりです……」

「無理、でございますか」

「あ、ああいえ、約束を違《たが》えるつもりはありません。ただこの量の換金となりますと町の金庫が、財政が」

「ではこれは貸しておきましょう。マスターもそのようにおっしゃっております」

予測していた事態なので、事前に対応は話し合っておいた。コエさんの言葉に秘書は少し安心したように肩の力を抜く。

「貸し、ですか」

「そちらで換金してから払っていただくなり、何かの機会に協力していただくなり。そういった形で返していただければと思います。町長様の承認をとってきていただけますか？」

「わ、分かりました！」

町長の許可はすんなりと下りた。

期限は十年とし、現金または相応の協力により支払う。その証書を受け取り、俺たちは「もう少しお話を」と引き止められるのを断って町長宅を後にした。

「これでいい。コエさん、応対ありがとう」

「いえいえ。私にできることでしたらなんなりと」

「俺が交渉するとどうにも警戒されがちでね。表情が硬いのかな」

「私はそうは思いませんが……」

「どうあれ助かったよ。ようやくだ」

コエさんの協力に感謝しつつ流れを振り返る。やや回りくどいが、目的は果たした。

「これでこの町は縛った。口を封じるには十分だ」

シズクの故郷『狼《おおかみ》の隠れ里』。S級ダンジョン『蒼《あお》のさいはて』の、その目と鼻の先にある敗残兵の村。当然に考えておよそまともな状態ではあるまい。シズクがその復興に取り組むのなら、必要な物資類はこのキヌイで調達することになろうが……。それだけの量を何度も買い込めば怪しまれるのは火を見るより明らかだ。

「町長と秘書を隠《かく》れ蓑《みの》に物資を調達する。情報を封じるには一番確実なはずだ」

あれだけの量の素材だ。町長は値崩れを防ぐために小出しで売ろうとするだろう。

むしろ焦って売ろうものなら町民たちが黙っていまい。稼げるはずの町の金を台無しにし、物価を乱高下させた田舎町の長など弱いものだ。容易に椅子から引きずり降ろされる。

数千万インを預けるのと引き換えに、狼人《ウエアウルフ》たちの平穏を買う。これはそういう取引だ。

「シズク、最後にもう一度聞いておく。このやり方で構わないな」

「構わない。誰も死なせない、誰の財産も力ずくで奪わない。マージが考えたこれは、きっと最良の方法だ」

コエさんも頷《うなず》く。これで三人の意思はひとつ。戦争で負けた民、亜人族。彼ら彼女らも『奪われた者』だと言うのなら。俺は、俺にできることをする。

「行こうか。まずは『蒼のさいはて』の攻略だ」

「はい、マスター」

2．狼《おおかみ》の隠れ里

シズクはどこだ。私たちの娘は。

帰ってきてはいけない。『蒼のさいはて』には〝敵〟の意思が働いている。

ああ、死ねない。死ぬわけにはいかない。せめて、喰《く》い荒らす者の名をあの子に伝えるまでは。

敵の名は――。

◆◆◆

「昔、戦争で追い立てられた狼人《ウエアウルフ》は逃げた」

周囲の景色が草原から灌木《かんぼく》の林へと変わりだす中、シズクは親から教わったという歴史を語って聞かせてくれている。

「男と年寄りと病人はみんな戦って死んだ。逃げたのは女子供、それに戦いに不向きな小さな種族たち。遠くに逃げた者もいたけど……。狼人《ウエアウルフ》はこの土地でしか生きられない。そう考えて残ったのがボクの曽祖父様《ひいじいさま》たちだ」

「それで山へ、か」

エンデミックスキル【装纏牙狼】。土地に根差したスキルを持つ彼らにとって、この大地は生まれ故郷以上の意味を持つのだろう。

「森がどんどんなくなっていって、それにつれて狼人《ウエアウルフ》の力も弱まっていった。逃げて、逃げて。人間が入ってこられない険しい谷に少しだけ残った森にひっそりと住み着いて、今も暮らしてる」

そこを、シズクたちは『狼の隠れ里』と呼ぶ。

土地のことを知るために歩いて向かっているが、なるほど厳しい土地だ。脆《もろ》い岩質、水はけがよいために砂っぽく乾いた土、寒暖の差が激しい気候が大軍の侵攻を阻む。

「コエさん、大丈夫か？」

「はい、マスター。ありがとうございます」

スキルの補助がなければコエさんには歩くのも難しいだろう。こんな土地に三代にもわたって隠れ住んでいる亜人がいるなど、何も知らなければ想像すらするまい。

まして、S級ダンジョンが存在しているなど。

「ダンジョンは危険だけど、中に入れば肉や素材は手に入る。『蒼のさいはて』の浅い階層に入って怪我人《けがにん》や死人も出しながら、ボクらは魔物の血を啜《すす》って生きてきたんだ」

それでも町の泥水よりはマシだったけれど、と。シズクが目を上げて彼方《かなた》の空を見やる。

その下に里があるのだろう。

「……なんだ？」

その視線を追った先に覚えた違和感。同時、【神眼駆動】が黒い煙が立ち上っているのを捉えた。

「煙だ。黒い煙が上がっている。炊事の煙……ではないな。三代も隠れ住んでいる民にしては不用心すぎる」

「ああ、そんなはずない。里では煙をまっすぐ上げることは禁じられてる。里で、何か起きてる！」

シズクの顔から血の気が引いてゆく。緊急事態と見て、俺はコエさんとシズクを抱き寄せた。

「【空間跳躍】、起動」

煙の上がっている地点の上空へ跳ぶ。地上を走査する時間は無いとみての判断だったが、どうやらそれは正解だったらしい。

空中から見下ろす先には狭い渓谷。木と石で建てられた質素な家屋が肩を寄せ合うようにしてひっそりと並び、しかしその全てが黒煙を上げて炎上していた。その間を黒い魔物が這《は》い回り、唸《うな》り声《ごえ》と破壊音に混ざって住人たちの悲鳴が聞こえてくる。

「シズクの家はどれだ」

「あそこ、に……！」

シズクの指差した先には、おそらく最初に襲撃を受けたのだろう。他よりもわずかばかり大きな家がひときわ太い煙柱を上げていた。遠目にも見えたのはあの煙か。

「父様！　母様！」

「動くなシズク」

「でも！」

「俺の方が速い」

住人と魔物が入り乱れるこの状況、シズクでは速くとも軽すぎて押し通れまい。空中でいったんコエさんとシズクを手放してスキルを選択する。【空間跳躍】は跳躍先の走査が追いつかず危険が大きい。ここで必要なのは。

腕力《パワー》だ。

「【阿修羅《あしゅら》の六腕】、起動」

不可視の六本腕が現れてコエさんとシズクを抱き止めた。下の二本で着地し、脚の代わりに地面を蹴る。村を這う魔物は昆虫型が多数を占めており、単純な思考でこちらに向かってきては残りの腕に横殴りにされ息絶えてゆく。

多少は頭のいい個体が本体である俺を狙って潜り込んできたが、突き出された顎を右手で握り砕いた。

「マスター、お怪我は」

「進化元のスキルは【腕力強化】だ。この程度は問題ない。それより、もう着くぞ」

家を眼前にしてシズクが腕を抜け出し一気に駆け寄る。

「【装纏牙狼《ソウテンガロウ》】!!」

家に纏《まと》わりついていた魔物を引き剝がし、中へ。数秒もせずに二人を抱えて飛び出した。

どちらも独特な、前を合わせて帯で留める衣服を着た大人の男女だ。

「マージ！　父様も母様も息をしてない！　それにひどい火傷《やけど》が！」

「大丈夫、問題ない」

「ッ、ゲランにも使った治癒スキル……！」

シズクの両親は重い火傷を負っていたが、【熾《し》天使の恩恵】はあらゆる外傷を即座に癒やす。煙を吸って失神しているがしばらくすれば目を覚ますだろう。

両親を物陰に運ぶシズクを守りながら、俺は里の方へと振り返った。

「……なんなんだ」

里の惨状を見渡して、思わず言葉が漏れる。

「なんなんだ、一体」

かつて無双の戦士だったはずの狼人族《ウエアウルフ》が為《な》す術《すべ》もなく蹂躙《じゆうりん》され、食われ、焼かれ、逃げ惑う姿に思考が淀《よど》む。

強い者は奪ってより強くなり、弱いものは奪われてより乏しくなる。

それは自然の摂理だ。自然が生きとし生けるものに強いたルールだ。だがヒトは、そんな自然に抗《あらが》うために文明を、文化を、知恵を生み出したはず。そのはずなのに。

目の前のこの光景はどうだ。かつて奪われた者がまた土地を奪われ家族を奪われ尊厳を奪われ、そして命を奪われようとしている。結局同じことになるのなら、なんのために俺たちは社会を築き王を戴《いただ》いたというのか。

文明は、学問は、社会は、国は、王は、一体何のためにあるんだ。

「マスター?」

「……いや、なんでもない。動こう」

「住人を助けますか?」

「それは、シズクに任せる」

魔物はダンジョンから湧き出している。ならばここでいくら魔物を掃討しようが終わりは来ない。

ダンジョン最奥の『王』を叩《たた》かなくては。

「任せられるか、シズク」

「元より、そのためのエンデミックスキルだ」

「なら、これを貸しておく」

【貸与処理を開始します。貸与先と貸与スキルを選んでください】

今、シズクに貸すべきは戦うためのスキルではない。この状況を最低値の【1,000】で打開できるスキルなど存在しないのだから。負債を覚悟で【亜空断裂】のような強力なスキルを貸したところで制御できず、自分や仲間を傷つけるだけなのは目に見えている。

【債務者：シズク　スキル：斥候の直感　が選択されました】

「危険を察知できるスキルだ。承諾を」

「【斥候の直感】……？　敵が目の前にいるのに、なんでそんなスキルを」

「逃げるためだ」

「ッ」

「どうしようもなくなった時、一人で安全に逃げ切るために貸しておく」

シズクの肩が震える。その反論は嚙《か》みつかんばかりに。

「ボクは逃げない、死んでもだ！　逃げる場所だってどこにもない！」

「ああ、そうだな。『全て奪われたけど、逃げて生き延びられたからラッキーだ』なんて考え方、俺だって認めちゃいない」

生きていれば勝ちだなんて野生動物の思考だ。生きているだけでは生きられない、だからこその人間だ。

「そこまで分かってるなら、なんで」

「それでも、できれば生きて欲しいと思うのが人間の性《サガ》だ」

だから、これも俺のワガママだ。

悩む時間などありはしない。シズクは一拍だけ間をおいて小さく頷いた。

「承諾する。……けど、絶対に使わない」

【貸与処理を開始します】

「行ってくる」

不可視の六腕に力を籠《こ》め、大きく踏み切る。背後からうっすらとシズクの戦う音が聞こえる中、人間の二倍ほどはある蟻《あり》を叩き潰しながら目指すのは魔物が向かってくる方角だ。

「コエさん」

「上空から見たところですと、魔物の発生源は西側の山肌かと。そちらに『蒼《あお》のさいはて』の入口があるとみられます」

「西側だな」

行く手を阻む魔物を叩き伏せ進む。

シズクによると里の住人はたびたびダンジョンに踏み入っていたらしい。そのことを示すように踏みならされた道の先、石造りの門がぽっかりと口を開けていた。数多《あまた》の魔物がひしめきあうように地底への道を塞いでいる。

空を黒く染めると言われる『魔海嘯《マカイショウ》』とは比較にならない数ではあるが、今は足を止めて掃討する一秒が惜しい。

「コエさん、頼む」

「はい、マスター」

「【技巧貸与《スキル・レンダー》】、起動。差し押さえを実行する」

【スキルが選択されました。処理を実行します】

債務者ゴードンより【黒曜】を差し押さえました。

【黒曜】は【金剛結界】へ進化しました。

【債務者ゴードンの全スキルのポイントが下限の【-999,999,999】に到達しました。現時点で回収可能なスキルポイントは以上です】

【以後完済するまで、スキルポイントを獲得するごとに全額を自動で差し押さえます】


ゴードンのユニークスキル、【黒曜】。肉体の硬度と重量を大きく向上する『盾』の技だ。

それが進化した【金剛結界】も概《おおむ》ね同種のスキルとなる。身体《からだ》を膜のように覆う結界はあらゆる攻撃を弾《はじ》き、また鉛よりも重くいかなる重撃にも揺らがない。

硬く、重い。それは突進力と合わさることで『盾』から『砲』へと鋭化する。

「【金剛結界】、起動」

「摑《つか》まって」

「はい、マスター」

「【阿修羅の六腕】、全開起動」

六本の腕に力が漲《みなぎ》る。その全てで地を摑み、前へ。前へ。前へ。前へ。

「【剛徹甲《グレート・ラム》】」

一発の徹甲弾が、入口を塞ぐ魔物を轢《ひ》き潰してダンジョンへと突入した。飛び散る魔物の破片を振り払いながら思わず考える。

「……百年も昔の戦争が、どうして今もこんなに命を奪おうとするんだ」

戦争とは生存競争だ。いろいろ大義名分をつけたところで、その本質は生存圏を確保するため、より多くの子孫を残すための争いだ。強い者が勝ち取り弱い者が奪われるのは自然の摂理でしかない。

「それを変えるための文化、文明じゃないのか……？」

ヒトという種は特殊で特別だ。他の獣とは明らかに一線を画する『文明』を築いた生き物だ。自然に抗って生きることそのものが人間を人間たらしめているはず。その結果が戦争で、弱肉強食だというのなら。一体何のための文明で、国で、社会だというのか。

「マスター、前方のあれは……」

「ああ、一旦停止する」

そんな思考を抱きながら不可視の豪腕を振りかざして進んでいた足が、第四階層で初めて止まった。足元には砂が敷かれ、その先には波を寄せる蒼い水面《みなも》。そしてその彼方《かなた》には。

「水平線か。相変わらずS級ダンジョンはなんでもアリだな……」

階層全てが水に覆われていた。天井は高く、壁は遠く、水は遥《はる》か彼方で天井と重なっている。コエさんは何も言わずに俺の手を離れると、波打ち際に手を入れて一口啜《すす》った。

「無毒な真水のようです。地上の湧水と変わらない水質かと」

「なるほど。心臓が止まるかと思った」

「なんと」

即座に【熾天使の恩恵】を起動し、万一の毒や呪いを打ち消す。コエさんは生存本能というものがどこか薄く、治せると分かっていれば毒も平気で飲むから時々こうして驚かされる。

ダンジョンの水など何が混ざっているか、何が棲《す》んでいるか分からないというのに。

「海みたいな広さの湖、か。『魔の来たる深淵《しんえん》』は劇毒の見本市だったが、相変わらず予想外のことをしてくれる」

ダンジョンは時に〝地下迷宮〟と表現される。

そのランクは発生直後のD級から始まり、C、B、AそしてS級と分けられる。特にA級からは景色と呼べるものが現れだし、最上位のS級ともなれば内部で空を見たという報告もあるほどに多様性と非常識に溢《あふ》れている。

ここ『蒼のさいはて』は水平線のダンジョンなのだろう。誰が命名したか知らないが、なるほど率直かつ的確な名だ。

「【空間跳躍】で飛び越えますか？」

「どうやらそうもいかないらしい」

水面が揺れた。

静謐《せいひつ》だった蒼い湖面が盛り上がり、次々に顔を出したのは海蛇に似た魔物、シー・サーペント。空には無数の蜂の群れ。天井間際までを埋め尽くしており、この空間から隙間を見つけて跳躍してゆくのはあまり効率が良くない。

思案する。広大な水面を越えるならば、やはり。

「『船』で行く」

足元の水に向けて『冥氷術《コキュートス》』を放つ。凍りついた水には小舟の形をとらせ、その上に騎馬のように跨《また》がれる座席と手綱を形成した。前面は研ぎ澄ました風防で覆い、前方からの脅威を防ぐ。

「足元に気をつけて」

波打ち際に浮かべた『船』にコエさんの手を引いて跨《また》がる。すでに敵は眼前だが、構わない。

「【神代《かみよ》の唄】、起動。過去の魔術を検索」

歴史の中で生み出された数多の魔術から、必要なものを選択。

「嵐風術《ランプウ》『アイオロス』」

【金剛結界】を纏《まと》い、力《マナ》を籠める。『船』の後ろに風が渦巻いた。

「――行け」

それは一直線に。

氷の矢が敵群をまっすぐに貫いた。風の魔術を推進力に、海蛇と蜂を切り裂きながら水面に一文字の航跡を描く。浮力のある水上だからこその速度で『船』は一息に水平線を越えた。

「陸の階層なら【剛徹甲《グレート・ラム》】、水の階層ならこの【氷嘴矢《アルゴー》】で戦わず貫いて進む。最速最短で最奥へ向かうぞ」

「はい、マスター」

ダンジョンに入って約十三分。

現在地、第四階層。

◆◆◆

「ぐ……」

意識がだんだんと返ってくる感覚。私はどうしたのだったか。

家を魔物に襲われ、逃げようとしたが入り込んできた大蜘蛛《おおぐも》に妻が囚《とら》われた。死力を尽くして倒しはしたもののすでに火に囲まれており、私も妻も煙を吸って――。

「それなのに生きている、のか」

焼かれたはずの手足にも痛みが無い。誇りも力も失った私では、父祖の霊魂と同じ場所には行けないものと思っていたが。あるいはここがそうなのか。

だが開いた目に飛び込んだ光景に、私はここがまだ現世であることを知った。

「シズク、シズクか？」

「ッ、父様！　目を覚まされましたか！」

里を救う方法を探しに行く。そう言って、止めるのも聞かず家出同然に下山した娘がそこにいた。黄金の輝きを纏って大蟻を打ち砕く姿に思わず目を疑う。

「それは【装纏牙狼《ソウテンガロウ》】か？　だがお前でさえ十数えるほどにしか使えなかったはず」

「マー……さる方が力を貸してくださり、戦える技となりました。今、その方が『蒼のさいはて』へ魔物の源泉を止めに行っております」

よもや外の人間を連れ込んだのかと肝が冷えたが、シズクの選んだ者ならば間違いはあるまい。いや、それよりも『蒼のさいはて』へ向かったと言ったか。

「いかん……！」

「父様？」

「『蒼のさいはて』には敵がいる。その方が危ない」

「いえ、幾百幾千の魔物にも屈しない方です。何も案ずることは……」

「人の敵がいるのだ。魔物を外に放ったのは彼奴《きやつ》らだ」

その名は。敵を遣わした仇敵《きゆうてき》の名は。

「アビーク公爵だ。アビーク公爵こそが我らの敵だ！」

◆◆◆

——第十三階層。

「コエさん、経過時間は」

「およそ半鐘《三十分》です」

第十三階層は陸の階層だった。水のマナが強いのか湿度が高くぬかるんだ中を【剛徹甲《グレート・ラム》】で押し進む。【阿修羅《あしゅら》の六腕】の燃費のよさがここにきて効いている形だ。

「敵よりも広さに時間を食われているな。そろそろ関門として大物が設置されている階層だし、急ごう」

高位のダンジョンには最奥の『王』以外にも『将』と呼ばれる関門の魔物がいることが多く、S級の『将』ともなれば並の『王』よりもよほど強力な戦力を備えている。経験則からしてそろそろ最初の一体に差し掛かる頃だろうか。

「……うん？」

『将』を探していた感知スキルに、不意に予期しないものがかかった。

「マスター？」

「人間がいる」

「こんなところに、人間が？」

何かの間違いかとも思ったが、【神眼駆動】が奥へと向かって歩いている四人の姿をはっきりと捉えた。足を止めて走査する。

ギルド所属の冒険者にしてはどこか所作が軍人じみている。精査すると全員の肩に同じ紋章が刻まれていた。

「あの家紋は、アビーク公爵家……？」

どこか感知結果に不精細《ノイズ》さがあるのは、おそらく知覚阻害のスキルを使っているからだ。隠密《おんみつ》行動で敵の目を欺いてここまで来たのだろう。

ヒトに知られていないはずの『蒼《あお》のさいはて』に、なぜアビーク公爵家の兵がいるのか。目的は一体何なのか。押し通るべきか思案する中、一人がこちらに振り返った。

「――誰だ！　出てこい！」

「マスター、気づかれたようです」

こちらが気配を隠していなかったとはいえ、この距離で気づくのはやはり素人ではない。

【阿修羅の六腕】で大きく跳んで対象の前に着地した。

「なんだ、今の跳び方は」

「【跳躍】のスキルでしょうな。そんなものを鍛える物好きがいるとは」

剣士が一人に魔術師が二人、そして斥候《スカウト》らしき女が一人。ダンジョン攻略の編成としてはさほど不審な点もない。

「ここは」

「貴様、ギルドの人間か。所属と名を言うまでは通さんぞ」

俺の言葉を遮って剣士の男が切っ先を向けてきた。気の短い男らしい。

「元、ギルド所属だ。名前はマージ＝シウ」

「冒険者ギルドの者ではない……？　浮空草《ウキクサ》風情がこんな場所で何をしている？」

浮空草《ウキクサ》。

ダンジョンは特異ではあるが自然の一部だ。山河と同じく個人の立ち入りを禁ずる法はない。だが無為無謀な挑戦をして命を落とす者が多いのも事実だったため、その管理機関として造られたのが『冒険者ギルド』だ。

ギルドが『クエスト』という形で報酬を用意し、その受注・報告でダンジョンに入った人間と出た人間を把握できるようにする。同時にクエストの危険度と冒険者の力量をつり合わせて無謀な挑戦者も出さないようにする。先々代アビーク公爵考案のこのシステムにより、ダンジョンで消息を絶つ者の数は大きく減ったという。

よってダンジョン攻略をするならギルドに所属するのが普通であり、それをしないのは脛《すね》に傷持つ人間に違いないとされて『浮空草《ウキクサ》』などと蔑まれる、らしい。

「所属と名前を答えれば通してくれるんじゃなかったのか。先に行かせてもらうぞ」

通り抜けようとする俺の進路を、剣が塞いだ。

「させん。怪我《けが》をせんうちにおとなしく……ん？　今マージと言ったか？」

「ああ」

「もしや『神銀の剣』の？」

「そうだ」

どうやら俺のことを知っているらしい。仮にも『神銀の剣』はS級パーティだから、その名前で引いてくれるなら手っ取り早いかとも思ったが。

「ぷぷ……」

「くく……」

「ハッハッハッハ！　あの『神銀の剣』の者か！　これはこれは傑作だ！」

四人が、一斉に笑いだした。

俺が抜けてまだ三週間にも満たないが、どうやら『神銀の剣』はすでに信頼を失墜させているらしい。予想以上に早い。

剣士の男はひとしきり笑うと、ニヤニヤしたまま俺の顔を指差した。

「いいかな？　我々は親切で君を引き止めているのだよ、マージくん」

「……親切？」

「ほんの三、四日前だったかな？　君のリーダーが我が主君の前で大恥を晒《さら》したそうだな。S級などと嘯《うそぶ》いても所詮は野卑な冒険者だから責めるのもかわいそうだが」

「それで？」

「だからこのダンジョンは、魔物の発生源を追って発見した我々がそのまま攻略を行うことにしたのだ。ひ弱でご傷心なギルドに代わって、ね」

ことにした、ということは。

「公爵の命令ではなく独断専行ってことか」

「言葉に気をつけたまえ。優れた将は、時に気を利かせて動くこともまた責務なのだ」

手短な説明だが、おおよその事情は理解できた。

キヌイ周辺の魔物増加はアビーク公爵も知るところだったのだ。公は私兵から精鋭を選んで調査させ、この男たちが特定した。折しもアルトラが何か失態を演じたために公はギルドへの信用を失っており、発見者であるこの男たちは独断で攻略に乗り出した。

今、ギルドに代わってアビーク家がS級ダンジョンを攻略したら、政治的に大きく有利に働くからだ。その手柄を独占できれば自分たちの将来は明るいとでも考えたのだろう。

「君が浮空草《ウキクサ》である理由にも察しがつくとも。不甲斐《ふがい》ないリーダーのせいでギルドをクビになったのだろう？　名誉挽回《ばんかい》のためにたった二人でここまで来るだなんて見上げた根性だが、S級ダンジョンを舐《な》めちゃいかん。親切にも止めてくれた我々に感謝して引き返しなさい」

ついでにどうやら、この男は俺が『神銀の剣』を抜けたことを知らないらしい。

「公爵にはまだこのダンジョンのことを連絡してないいんだな？」

「攻略後に『魔海嘯《マカイショウ》が目前だったためやむなく独断で攻略した』と報告する手筈《てはず》だからな。なんだ、いやに公にこだわるな」

アビーク公爵には狼《おおかみ》の隠れ里のことが伝わっていない。攻略した後、この男たちがダンジョンから出ていくところを捕らえてスキルないしは魔術で記憶を封じれば大丈夫だ。

なら、さっさと先に向かおう。

「おっと、行かせんと言っているだろう。あまり聞き分けが悪いと……」

男はどかず、俺ではなくコエさんに手を伸ばした。

咄嗟《とっさ》にコエさんを庇《かば》ったが、男が摑《つか》んだのは胸元の宝石。キヌイで購入した妃石《ひせき》のペンダントだった。力任せに銀の鎖を引きちぎって奪うと、男はそれを俺たちの後方へと投げ捨てた。

投げた先は陸階層に点在する苔《こけ》の沼。小さな波紋を立てて沈んでいく様に、男とその後ろに控える魔術師風の男女がまた笑う。

「おやおや、おそろいのペンダントの片割れが沈んでしまったな。底なし沼なら早く探さないとどこまでも沈んでしまうぞ？」

「まったく、S級などと言っても所詮は荷物持ちだった男が粋がりおって。我らが攻略を終えるまで沼でも浚《さら》っておれ」

「ま、その『神銀の剣』も化けの皮が剝がれたばっかだしねー。所詮はこの程度の集まりだったたってことでしょ。さっさと行こうよ」

「そうだな。真の実力者は見てくれに頼らないと教えてやろう」

向かう先には石の大扉。『魔の来たる深淵《しんえん》』最深部にあったものより二回りは小さい、それでも見上げる威容と目を瞠《みは》るばかりの意匠。おそらく『将』の待つ広間か。

その背中を見送りながらコエさんは目を伏せる。

「申し訳ありません、油断しておりました。私が探しますのでマスターはどうか先に」

「いや、二人で探そう」

「しかし……」

「俺たちの目的はあくまで『最短時間でダンジョンを攻略し、地上の狼人族《ウエアウルフ》を助けること』だ」

あの宝石は狼人族《ウエアウルフ》の宝だとキヌイで聞いた。里の彼らにとって大切なものに違いなく、このまま無視はできない。『将』はアビーク公爵の兵たちに任せ、その間にペンダントを探した方が結局早い。

「あれだけ大言壮語を吐くんだ。彼らにだって勝算があるんだろう」

「そう、でしょうか」

「『王』を倒す自信があって踏み込んだ連中が、まさか『将』に苦戦することもないさ」

この落とし前は全て終わってからで遅くない。そう判断し、俺は感知スキルを沼に集中しつつ不可視の腕を伸ばした。

背後の大扉から、じわりと血が流れ出していることにも気づかずに。

◆◆◆

「やれやれ、とんだ珍客だったな。よもや噂《うわさ》のお飾り英雄と鉢合わせとは」

小隊長が後ろを指差しながら笑う。その先を目で追うと、仲良く沼を覗《のぞ》き込む二人の姿が遠目に見て取れた。

お飾り、といえばアビーク公爵直属部隊の間では『神銀の剣』を指す。彼らは実力によるS級ではないというのが定説だった。

曰《いわ》く、アビーク領を統括するギルドがでっちあげたハリボテだ、と。

「剣の神童に、元・王宮門番に、天才魔法少女と聖女様だっけ？　宣伝用に選ばれた面子《メンツ》って噂は本当だったんでしょうねー」

「きちんと考えてものを見ていれば、すぐに気づけて当たり前の事実なのだがな。衆愚も冒険者も簡単に踊らされて哀れなことだ」

魔術師の二人も同調する。実際、アルトラの失態を聞かされた時にはついに化けの皮が剝がれたと私も思った。

「……本当、なのかな」

斥候である私は、『将』の広間に入る時は末尾が定位置だ。先頭で石の大扉に手をかける小隊長から目をそらし、もう一度後ろを振り返る。

私のスキル【隠密行動】は自分と仲間の姿を敵から隠す。そうして力を温存しながらここまでやってきたし、そうでもしなければ広大なS級ダンジョンを攻略できないはずだ。

あのマージという彼からは、そんな気配がまるでしない。

いかにも堂々と、身を隠すこともなくここまで来た。そうとしか思えない自然さで沼のほとりに立っている。そんなこと、果たしてS級上位の冒険者ですら可能だろうか。

「さあ、哀れな道化のことなど忘れて先へ行こうか。まずは『将』を討ち取って意気を上げ――キョッ」

「……え？」

扉に手をかけて押し開けた瞬間、小隊長が首をありえない方向に曲げながら中へと引きずり込まれた。続いて魔術師の二人も姿を消す。

「触手……！」

触手、触腕だ。身を隠さないと。

「ひっ」

そう思った時には、私の左足首にも青紫色の触手が巻きついていた。

◆◆◆

「【磨研】、起動」

　幸いにしてペンダントはさほど沈んではおらず、感知スキルで走査したらすぐに見つかった。阿修羅《あしゅら》の腕を使って引き上げ、研磨・洗浄用のスキルで泥と苔を綺麗《きれい》に落とし、銀の鎖を繋《つな》ぎ直してコエさんの首にかけた。

「ありがとうございます、マスター」

「さて、『将』の様子はどうかな」

　先に広間へと入っていったアビーク公爵の精鋭部隊。彼らの腕前のほどは知らないが、あれだけの自信だったのだ。そろそろ討伐した頃合いだろうか。

　扉に手を当て、感知・知覚系スキルを起動する。内部の様子が頭に描き出された中には、まず大型の魔物が一体。その情報が頭に流れ込む。

「鳥黐蝸牛《スネア・スネイル》。虫といえば虫だがカタツムリ、か」

　どうやらまだ健在のようだ。人間の気配を探ろうとしたところで、コエさんが俺の服の裾を引いて足元を指差した。

「マスター、お足元を」

「……そうか」

　大扉の下からは、赤い血が一筋流れ出していた。

　魔物のものではない。カタツムリの血は赤くない。

「コエさん、俺の後ろに。顔を出さないように」

「はい、マスター」

大扉を押し開ける。わずかに開いた隙間から青紫色の触腕が這《は》い出すのを【神眼駆動】で捉えた。

「【亜空断裂】、起動」

ひと通り触腕を切り落とすと内部からのたうち回るような音がして攻撃が止《や》んだ。扉を開放して踏み込めば、湿気《しけ》た臭いがいっそう濃く鼻をつく。

「……ッ」

内部は、酸鼻を極めるという表現がそのまま当てはまる状態だった。

触手に絡め取られた勢いでそのまま放り投げられたのだろう。魔術師二人が部屋の隅でひとつの肉塊になっている。リーダーだったろう剣士の男は……。潰されたカエルのような姿で扉の上に張り付いたまま、顔だけをこちらに向けていた。流れていた血はこの男のものか。

「マスター、あと一人足りません」

「……いや、あそこにいる」

部屋の隅を指差す。そこに膝を抱えて震える斥候の女がいた。

部屋に引きずりこまれた後でどうにか触手から逃れ、スキルで身を隠したのだろう。この距離でも敵に気づかれないとは相当に鍛えた【隠密《おんみつ》行動】スキルを持っているらしい。

「天罰だ……天罰が下ったんだ……」

『将』はこちらを警戒してか攻撃してこない。ひとまず近寄ってみると、粘液にまみれた身体《からだ》でぶつぶつと何か呟《つぶや》いている。

「天罰ってのはどういうことだ。何をした」

「ひっ！」

　こちらに気づいてビクリと身体を震わせた。そこに先ほどまでの不遜な態度はもうなく、ただただ怯《おび》えに支配されている。

「た、助け、助けてください！　あいつが！　触手が！」

「正直に答えれば助けてやる。何をした」

　この後悔の仕方は尋常ではない。何をしたのか、その答えを知るのは今やこの女斥候だけだ。

「ま、『魔海嘯《マカイシヨウ》』が起きそうだった証拠がいるって！　さ、里がひとつ潰れれば説得力が出るから、それで、おびき出して、魔物を外に、小隊長が！」

「おびき出す。そんなことができるのか」

「こ、昆虫型は行動が単純なので。『魔海嘯《マカイシヨウ》』が近づいて外に出やすい時なら、匂い薬を調合してやれば割と簡単に……。普段は不意打ちしたり脇をすり抜けたりするのに使う薬です」

　剣士の男は、自分たちの攻略は公爵の命令でなく独断だと言っていた。

　軍において独断専行は厳罰の対象だ。それこそ『魔海嘯《マカイシヨウ》が目前で仕方なかった』とでも言い張れない限り、出世どころか更迭の憂き目に遭ってしまう。

『証拠』が必要だ。魔物が外へと溢《あふ》れはじめていたという、確たる証拠が。

「それで里に魔物を、か」

「そんなことを、騎士団入りも夢じゃないって、あんなことをしたから！　だから、天罰で、あんな惨《むご》い……！」

男の事情は関係ない。重要なのは、あの虫たちは自然に溢れ出したのではなく人為的に駆り出されたということだ。里を滅ぼすためにやったというのなら、十分な数が送り込まれたに違いない。

時間が、ない。

「あ、あの、助け……」

「正直に言えば助けると言った以上、約束は守る」

全て終わるまでそこから動かずにいろ。

斥候にそれだけ言いつけて俺は『将』と対峙《たいじ》した。青紫の巨大なカタツムリはゆっくりと蠕動《ぜんどう》するのみだが、大触角の先の眼《め》はこちらをじっと見つめている。

「……大きいな」

王宮よりも高い天井が飾りでなく必要に応じたものだと分かる巨軀《きょく》。大きさだけで言えば『魔の来たる深淵』の王だったヴリトラよりもまだ大きい。目玉の径だけで俺の身長くらいはあるだろう。うずまく漆黒の殻に至っては暗がりに溶けてその全貌すら窺《うかが》えない。

湿った空気が張り詰める。ほんの数拍の睨《にら》み合いが続く。

「ッ！」

先に動いたのはカタツムリだった。先刻を上回る速度で迫る触腕。数にして二五九本。

「『冥氷術《コキュートス》』」

触腕を、そしてその奥の本体を一息に凍《い》てつかせる威力の術を放つ。だがその力を察した蝸牛《かたつむり》は冷気よりも早く粘膜の身体を殻の中に引き入れた。

漆黒のうずまき殻と冷気が衝突する。神代の氷結術は殻の表面を氷で覆ったが内部まで凍らせるには至らず、数秒後にそのまま霧散した。

「硬いな。これは硬い」

予想以上の重厚さだ。【黒曜】を起動したゴードンが五〇〇〇人ほどギッシリ折り重なっているような、そんな錯覚すら覚える。

「先を急ぐ今、防御に秀でた敵は障壁です。ですがマスターのスキルでしたら殻の内部を攻撃できるのでは」

「できるだろうけれど、今はもっとやるべきことがある」

「『将』を倒すことよりも、ですか？」

「俺たちの目的は『将』を倒すことじゃないだろう？」

「なるほど、このダンジョンを最短で攻略することが目的です」

第十三階層でこの『将』と出会えたのはむしろ幸運だった。

進化した【金剛結界】は硬く重いが、それもあくまで人間基準の話。これからやることには少々『軽すぎる』と思っていたところだ。

自分の殻に引きこもった敵に右手を翳《かざ》し、大きく力を籠《こ》めてスキルを起動する。

「【空間跳躍】、起動。対象は鳥黐蝸牛《スネア・スネイル》、直上へ」

対象は鳥黐蝸牛《てき》。星の海までとはいかずとも、天井近くまでなら十分に跳ばせる。

「【阿修羅の六腕】、起動」

宙に浮いた黒いうずまきを、六本の豪腕でしっかりと摑《つか》む。さらに天井とカタツムリとの間に風を生みだし加速する。

「『嵐風術《アイオロス》』」

大蝸牛の超硬度　×　戦神の剛腕力　×　神代の暴風力。

その三つを相乗した力が、急転直下する。

「ああ、言うのを忘れていた」

殻が地面に迫る中、後ろの斥候に声をかける。

「目と耳を覆っておけ。横の女性の真似《まね》をすればいい」

「は、はい？」

「え？」

「――行くぞ」

勢いそのまま、俺は鳥黐蝸牛《スネア・スネイル》を床面へと叩《たた》きつけた。

その衝突で起きるのは轟音《ごうおん》ではない。音を超えた衝撃そのものがダンジョンを駆け巡り、遅れて大量の土砂と砂塵《さじん》が舞い上がる。やがて晴れた先に現れたのは大穴。その深さはダンジョンの一つ下、第十四階層に達していた。

「ギッ……!!」

穴の底からは蝸牛の呻《うめ》く声がする。まだ殻は割れていないらしい。

ありがたい。

「もう一回」

叩きつける。第十五階層は水の階層のようだ。

「もう一回」

叩きつける。第十六階層は珍しく火の階層だ。十五階層から流れ込んだ水とぶつかりあって水蒸気が上がる。

「もう一回」

「ダンジョンの階層境界って、壊せるの……!?」

斥候が後ろで小さく呟く。

ダンジョンの掘削を試みた記録は決して少なくない。下へ向かえば攻略できると分かっているのだから誰しも一度は考えるのだ。

「第一階層から直下掘りすれば、いずれ最下層にたどり着くのではないか」

と。試みの全ては、浅ければ床を腰くらいまで掘り下げると突き当たる硬い岩盤、いわゆる階層境界に阻まれて失敗したが。今では「ダンジョンの床は破れない」が常識だ。

「もう一回」

その壊せないはずの境界線を切り裂いてゆく。

「そんな、だって、マージはお飾りパーティの中でもお荷物って……。あ、いや……」

「マスターはすでに『神銀の剣』を脱退されております」

「そ、そうなんですか？」

「噂話《うわさばなし》も結構ですが。どうぞご自分の目で見て、ご自分の頭でお考えください」

「………！」

「もう一回」

黒のうずまき殻を叩きつける。頑強な殻は床を割り、そのたびに破れないはずの境界を破って下へ下へといざなわれてゆく。

ダンジョンから生まれた『将』を工具としているから可能なのかもしれない。山と見紛《みまが》うばかりの巻き貝を、神の腕力と神代の暴風で叩きつけてみたのも歴史上で俺だけだろう。あるいは『魔海嘯《マカイショウ》』間近であることが何か関係しているとも考えられる。

ただ、理屈はどうあれ急がねばと思った。

やってみた。

できた。

それが全てだ。

「もう一回」

叩きつける。

「もう一回」

叩きつける。


「もう一回」

「もう一回」

「もう一回」

「もう一回」

「もう一回」

「もう一回」

「もう一回」

「もう一回」


叩きつける。

叩きつける。

叩きつける。

叩きつける。

叩きつける。
叩きつける。
叩きつける。
叩きつける。

水の階層、火の階層、森の階層……。種々の環境を貫くように砕き進んでいた六腕から、不意に手応えがなくなった。

「っと」

黒殻が第五十二階層でついに砕けたらしい。同時に鳥黐蝸牛《スネア・スネイル》が絶命して気配を消失している。

「マスター、いかがされましたか？」

「他と違う岩盤に当たったらしい」

繰り返し叩きつけたことによる疲労破壊かと思いかけたが、どうやらそうではない。殊更に硬い岩盤にぶつかって耐えきれなかったようだ。

突き抜けた階層の数も考慮すれば、この硬い床とはすなわち。

「最下層だ」

穴の遥《はる》か下方に見える黒い床。あそこにこのダンジョンの『王』がいる。

斥候の女もそこを覗《のぞ》き込み、腰を抜かしたように座り込んだ。コエさんが手を差し伸べるがただただ呆然《ぼうぜん》としている。

「……人間は水の上を走れません。人間は空を飛べません。それと同じくらい、そんな、こんな、摂理に……」

「貴方《あなた》、名はなんと？」

「め、メロです。メロ＝ブランデ」

「メロさん、人間は水の上を走れないとおっしゃいましたが。右足が沈む前に左足を出せば水上を走れるはずです」

「そんなの実質的に……」

「ですが、不可能ではありません」

『不可能』と『実質的に不可能』の差はあまりにも大きい。今回はその境界線を踏み越えただけのこと。

「時間もない。コエさん、行こうか」

「はい、マスター」

穴に向かって飛び降りる。水が最下層まで降り注ぐことのないよう『冥氷術《コキュートス》』で凍らせながら下へ、下へ。

「『嵐風術《アイオロス》』」

風で二人ぶんの体重を支え、ふわりと着地した。

空間の走査はすでに済んでいる。この空間にいる生物は確かに一体だけ。巨大なガマガエルの姿をした『王』に向けて、俺は砕けて半分ほどになった蝸牛の殻を振りかざす。表面を氷で覆って鋭く、さらに鋭く。

「ゴ……!?」

天井を破り現れた俺たちに『王』は動揺しているらしい。その強大な気配が大きく揺らいでいる。

「行くぞ」

それでも『王』としての矜持《きょうじ》だろうか。地響きとともに向かってきたその巨体に、俺は城の尖塔《せんとう》ほどまで育てた氷槍《ひょうそう》を一閃《いっせん》に叩きつけた。

3. 借りものの王位

貸してもらった【斥候の直感】が強烈な危険信号を発したのは、際限なく湧いて出る魔物との戦いに時間の感覚すら希薄になりだした頃だった。

「なんだ、あれ……！」

太陽を隠す影にボクは目を上げる。

大きい。

家よりも背の高い、あれは蟷螂《かまきり》だろうか。あんな大きな魔物は初めて見た。倒さなきゃ。倒さなきゃ。倒さなきゃ。

「もっと振り絞れ、【装纏牙狼《ソウテンガロウ》】……！」

【マナ活性度：11%&5-4¥1】

黄金色の光爪《こうそう》がバチバチと明滅し、形が一瞬歪《ゆが》んで戻る。マージにもらった【持続時間強化】で時間は延ばせた。でもエンデミックスキルは土地から力を、マナを借りて使うスキル。妃石《ひせき》のペンダントの輝きが濁る様は、痩せきった大地が貸せるマナはこれが限界だと声高に告げている。それほどまでにこの地は弱ってしまった。

取り戻さなくては。父祖たちが守り、父祖たちを養った故郷を。実り豊かな緑と獣の大地を。

「そのために！」

そのために倒す。そのために護《まも》る。奪おうとする全てを討って血族の生きる道を拓《ひら》く。

危険信号を振り切って、足を前へ。

「逃げてもいいなんて簡単に言うな、言うな！」

マージに向かってじゃない。町に出て耳にした、世間の生ぬるい言葉たちに唾を吐く。

命あっての物種？　理不尽は避けて通るのが賢い？　生きていればいいこともある？

ふざけるな。

「逃げていいからって、逃げられると思うな!!」

飯を食らって息をしているだけの肉の塊が、人間だなんて名乗れるものか。

マージはそれを理解してくれた。理解してくれて、それでも逃《いきの》げるためのスキルを押し付けた、冷徹になりきれない彼の顔を思い出す。

マージは強い。ボクの知る限り誰よりも強い。

必ず『蒼《あお》のさいはて』を攻略してくれる。それまで戦い続けるのがボクの役目。もう、力も尽きかけてるけれど。

「それでも!!」

出せる力の全てを使って家の壁を駆け上がる。敵が振り回す鎌をかいくぐり、かいくぐり、消えかけた爪で頭を切り落とした。司令塔を失った身体《からだ》はそれでも無為に動き回る。

ようやくズンと音を立てて倒れたのを確かめ、少しだけ息をついた。

きっと奴《やつ》は隊長みたいな魔物。倒してしまえばしばらくは時間を――。

「……ッ」

【斥候の直感】が発する十重《とえ》二十重《はたえ》の警告。

今しがた倒したのと同じ魔物がおよそ一五体、列をなしてこちらに向かっているのが見えた。後ろで里人を指揮する父様が叫ぶ。

「シズク、もうよい！　退《ひ》け！」

「……いいえ、父様」

「お前は十分働いた！　我らが時を稼ぐ、お前だけでも生きよ！」

「違います、これは」

蟷螂の化物が一五体。ボクがどう足掻《あが》こうと覆せる戦力差じゃないのは明らかだ。だが同時に、強大な力の接近を示す警告が、そんな小物連中に向いたものではないとも気づいた。

それは、『下』から来た。

「【空間跳躍】で地上へ。【金剛結界】【阿修羅《あしゅら》の六腕】、起動」

大きかった力が、ギュッと小さく凝縮されてゆく。

「――【剛徹甲《グレート・ラム》】」

一発の砲弾が敵の全てをまっすぐに貫いた。重く硬いそれは反転しながら地面をガリガリと抉《えぐ》り、土煙を上げてボクの眼前で停止する。

「あとは任せろ」

その背中は、あまりに大きく見えた。

◆◆◆

「あとは任せろ」

ギリギリだった。あと少し遅ければ、もしダンジョンの階層境界を貫いていなければ。

傷だらけのシズクの身体が、その未来に起こっていただろう悲劇を物語っている。

だが『王』は仕留めた。ダンジョン内の魔物は力を失い、生まれた時と反対にダンジョンへと吸収されていくはず。あとは地上に残った魔物だけだ。

「マージ、『蒼のさいはて』は……!?」

「攻略した」

「……ッ！」

周囲を走査し、状況を呑《の》み込む。

狼《おおかみ》の隠れ里は渓谷の中に隠れるように造られている。それを囲む山のひとつに『蒼のさいはて』への入口があり、今は新たな魔物は出てきていない。里でシズクが倒した魔物は一〇〇に届こうが、それでもなお大小の魔物が里を含む渓谷内を闊歩《かっぽ》している。

その残数、五九二体。一体たりとも逃しはしない。

「シズク、里の住人は後ろにいる人たちで全員だな？」

シズクが背にしているのは火災を免れた家屋。その中に四〇人ほどが息をひそめるように隠れている。見ればほとんどが怪我人《けがにん》だ。

「うん、父様が確認したから間違いない」

「分かった。下がっていてくれ」

「マージ？」

「分かりやすくて助かる」

巻き込む心配がなくなった。

「『嵐風術《アイオロス》』」

家屋を避けて上昇気流を巻き起こし、全ての魔物を空へ。

「……ギッ!?」

「ギギ!?」

大きいものも小さいものも。羽のあるものも無いものも。硬いものも柔らかいものも強いものも弱いものも、その一切に関係なく。

「【亜空断裂】、そして『冥氷術《コキュートス》』」

全てを断つ。

「――【断冰刃《だんひょうじん》】」

無数の断層が空そのものを切り裂き、全ての魔物は凍《い》てついた断片となって山へ降り注いだ。

◆◆◆

それから、間もなくして。

「まずはただただ御礼《おれい》をしたい。マージ殿、コエ殿。私たちの娘を、そして里を救ってくださり有難うございます」

なるべく状態のよい家屋を選び、挨拶と話し合いの場が設けられていた。シズクの父親が頭を下げる姿を里の人々がじっと見守っている。

「元より、そのために来ましたから」

「私はマスターに従っただけですので」

シズクの父親は今の狼人族《ウェアウルフ》の中で指導者の立場にあるという。名はアサギ。母親はカスミだとシズクに紹介された。

「里長《さとおさ》とは名ばかりで大したものは用意できませぬが、できうる限りのもてなしをさせていただきます」

「そんなことは……いえ。ありがたく頂戴します」

この里の暮らしが楽でないことは明白だ。思わず遠慮しかけたが……それは彼らに対する失礼だと気づいて、差し出された手を握った。

「側室を持たれるようでしたら、シズクもお連れくださって構いません」

「それは流石《さすが》にちょっと」

「えっ……」

いくらなんでもと思い断ると、シズクがアサギの後ろでこの世の終わりみたいな顔をしている。相手が誰であれ拒否されていい気はしないだろうが、こればかりは流石に頂戴しますとは言えない。

「さ、左様ですか」

「本人の気持ちもそうですし、貴方《あなた》の娘ということは狼人《ウエアウルフ》族の姫でしょう。そうやすやすとは」

「確かに私どもは王家の血筋ではありますが……。私は王の資格を持ちませぬゆえ、シズクを姫と呼ぶことはありませぬ」

確かに先ほど、アサギは王ではなく里長と名乗った。謙遜ではなく資格が足りないのだという。

「この里の復興にあたって無関係な事柄ではないでしょう。よければ詳しく聞かせていただいても？」

「喜んで。かつては狼人族《ウェアウルフ》も王を戴《いただ》いておりました。しかし戦火により象徴を失い、以来空位が続いているのです。しかし……それも今日までかもしれませぬ」

「と、言いますと？」

「象徴が帰ってきたからです」

それこそが、とアサギは俺とコエさんの胸元にかかるペンダントを指差した。

「その宝玉。貴方がたは妃石《ひせき》と呼ぶのでしたか。それが我ら狼人《ウェアウルフ》の王位を示す宝なのです」

この三つのペンダントが狼人族《ウェアウルフ》ゆかりのものだとはリノノ宝飾店の店主から聞いていた。アサギによると王位に連なる三者、すなわち。

王。

その配偶者。

そして、世継ぎ。

三名がそれぞれを持ち、代々受け継いでゆくものだったという。

「どこぞで沼にでも沈んではいまいかと。気が気ではありませんでした」

「沼」

「ええ、無事で本当に幸いでした」

思わずコエさんと目を見合わせて「拾っておいてよかった……」と無言で頷《うなず》きあった。

次にアサギが取り出したのは朱塗りの鞘《さや》に収まった、これは曲刀の一種、だろうか。

「そして、王位につく者が帯びるのがこの刀剣。我々はカタナと呼びます。かつてこの地にて共に暮らした鍛冶の匠《たくみ》、ドワーフ族の祖が鍛えたものです」

鞘から抜き放つと濡《ぬ》れたような刃が鈍く煌《きら》めく。炎にも似た紋様から、人間とは異なる技術、異なる文化、異なる美意識で生まれたものだとひと目で分かった。

「宝玉と刀。この二つが揃《そろ》うことで初めて森の王たる資格を得られるのです」

「でしたら、これは貴方が持つべきだ」

「私のこれはカスミ様に」

自分の首から宝石を外そうとした俺とコエさんを、アサギが手で制する。

「マージ殿、貴方は旅をしているとシズクに伺いました。その旅が行き先のないものであることも。もしも、もしも寄る辺をお探しなら」

逆に、手にした刀を俺に向かって差し出した。

「どうか、我らの王となってはくださいませぬか」

何を言われているのか、一瞬分からなかった。

王。

狼人《ウェアウルフ》族の王に、俺が？

「アサギさん、いち部族の長に失礼を申し上げるようですが……。貴方は家族と里を失いかけたことで冷静さを欠いている。俺は今日ここに来たばかりですよ」

「いいえ、これは我らの総意です」

周囲の人々は口を閉ざし、異論は出てこない。偽りはないらしい。

「一体なぜ」

「マージ殿、我ら狼人《ウエアウルフ》族の掟《おきて》はご存知でしょうか」

「自分のために力を使わず、誰かのために使うべし、と。シズクからそう伺いました」

そしてシズクは実践していた。たとえ毒草を齧《かじ》ろうとも。

「貴方は大きな力を持ちながら、それを我らのために使ってくださった。そればかりか宝玉を惜しげもなく我らに返そうとなさる」

アサギは手を広げて周りを指し示す。脇に控える狼人《ウエアウルフ》たちがそれぞれ膝をつき、そして。

一斉に頭を垂れた。

「狼人《ウエアウルフ》は強く、何より誇りある者に頭を垂れまする。そこには種族も年月も関係なく、頂点たる者を王に戴くは我らが本望。

『天と地に恥じることなく君臨せよ』

それが狼の一族が持ったたったひとつの矜持《きょうじ》でございます。我らの生き様に照らせば、貴方こそ王に相応《ふさわ》しい」

「俺が狼人《ウエアウルフ》でなくても？」

「ええ、それがなんだというのでしょう」

「……俺は、どうやら狼人《ウエアウルフ》を誤解していたようですね」

狼人《ウェアウルフ》は気高い戦士である。色々な文献や噂話《うわさばなし》でそう聞いていた。

　それは間違いではないが正しくもなかった。彼らは決して生まれついての勇士ではない。最高の戦士であれば誰でも王になれると定め、その上で狼人族が王となれるよう日々を励む。それが彼らの生き様なのだ。

　そんな彼らに俺は選ばれた。

　その魂とも言える刀を改めて差し出しながら、アサギ自身《みずから》も頭を垂れる。

「マージ殿。この宝刀を受け取ってくださるのなら我ら一族、貴方のために獣を狩り、貴方のために土を耕し、貴方のために戦いましょう。どうか貴方の旅をここで終《つい》としてくださいませ」

　艶めく朱塗りの鞘に収まった宝刀を前に、思案する。

　俺の旅に行き先はない。冒険者はそういうものだから俺自身はどうということもないが、コエさんは違う。彼女は歩くことすら覚えたての身なのだ。

　笑顔でついてきてくれる彼女のためにも、早くどこかに根を下ろさねばとは思っていた。仮にも一族の王であればその日の食事に苦労させるようなことはあるまい。ならばこの話、受けるべきか。

「マスター」

　刀を受け取ろうとした俺の手を、コエさんの白い指がそっと止めた。

「貴方が幸せになれる方法は、私が考える。そう申し上げました」

「ああ、そう言ってくれたね」

「だからこの手を止めました。貴方の道は貴方の納得のできるように選んで欲しいのです。ご無礼をお許しください」

「……元は二人で一人だったんだから、お見通しか」

伸ばしかけた手を一度引き、周囲を見回す。狼人《ウエアウルフ》たちが固唾《の》を呑んで俺の言葉を待っている。

「貴方がたは俺のことを知らない。俺は、誰かに傅《かしず》かれるような立派な人間じゃない」

「貴方を知らずとも、貴方の行いを我らは目にしました。その行いを知っております」

「同時に、俺も貴方がたを知らない。貴方がたを知るために、ひとつ問いたいことがある」

一度言葉を切る。里人がその意味を呑み込むのを待つ。やがてアサギが答えた。

「なんなりと」

「『王』を倒した後、俺は地上へと一足に戻ってきたが……。その際に連れ出した人間が一人いる。それをここへ連れてきたい」

氷の檻《おり》を作って森に拘束しておいた『捕虜』だ。狼人《ウエアウルフ》族の女性たちに頼んで引っ張ってきてもらったその中には、斥候装備の女がひとり収まっている。

アビーク公爵の精兵、メロ＝ブランデ。

アサギは中を覗《のぞ》き込み、泥と粘液で汚れたその姿に目を見開いた。

「マージ殿、この者は……！」

「この里が魔物に襲われたのは魔海嘯《マカイショウ》が近いからだけじゃない。この女を含むパーティが、私利私欲のために魔物をダンジョン外へと追いやったからだ。そうだな？」

「……はい、私たちが、やりました」

ざわめき、悲鳴、そして怒声が上がる。

アサギも確証まではなかったらしく、確かになった事実に肩を震わせている。場が静まるのを待って俺は問うた。

「『彼女の処遇を決めよ』。それが俺から貴方がたへの問いだ」

彼女の罪は、率直に言って非常に重いものだろう。

狼《おおかみ》の隠れ里に隣接する『蒼《あお》のさいはて』へと独断で踏み込み、その大義名分を作るために里を滅ぼそうとしたパーティの一員なのだから。三人の仲間はダンジョン内で死亡しており生き残ったのは彼女だけだ。

狼人《ウエアウルフ》たちにその処遇を問うてから半鐘《約三十分》。未《いま》だに議論は続いている。

「決まっている！　厳罰に処するべきだ！」

黒髪の若い男が声を荒げる。受けた傷の大きさと理由の身勝手さに憤る者は多い。幾人かが彼に同調するが、壮年の男がそれに待ったをかける。

「あれは領主の兵士だぞ。そんなことをすれば戦争になってしまう。ここは無傷で返して敵意が無いことを示し、里の自治権を交渉してはどうか」

あくまで賢く冷静に対処すべき、とする意見に頷く者もいる。それに「いやいや」と反論したのは中年の女。

「領主がそんな約束を守るもんかい。それより今は一人でも働き手が欲しい。あたしらの下で労役にあたらせるほうが得だろうさ」

小さくとも確実な利を取ろうと考える者だ。彼女は里の女衆の頭らしく、女性の多くが同意の声を上げた。

それぞれが意見を述べながら、その全員がどこか俺を意識している。各々が『マージ＝シウの求める回答』を探りながら、自分の中にある感情やわだかまりを吐き出す。そんな場と化しつつある。

「…………。」

長たるアサギは、黙ったまま議論にじっと耳を傾ける。

彼も分かっているのだろう。これは正解のある問題じゃない。何かを得るには何かを捨てねばならず、それを如何《いか》に選ぶかで俺と彼らは共に歩めるかが決まる。

議論も紛糾しだした頃、一番後ろから若い女が大きく叫んだ。

「殺せ!!」

全員が一斉に振り向き、そのまま口を閉ざした。

彼女の腕に、動かない赤子が抱かれていたから。俺が到着した時にはもう犠牲になった後だったという。

「だってこの子は、この子を……！　なんでこの女が生きてるのに、この子だけが！　返してよ！　ねえ!!」

その姿に、檻の中のメロは目を伏せることしかできない。

「私には、どうにも……」

小さく呟《つぶや》いた一言。おそらく気づいたのは俺だけの、何の力もない一言。

だがそれは何かの機となる。そう見て、俺はメロにだけ聞こえるよう声をかけた。

「何かできるなら、やるのか」

「え、声？　ど、どこから？」

「【空間跳躍】で周りの空気ごと声を飛ばしているだけだ。それより、やるのか」

野営の際、天幕の周りに長時間もつ【空間跳躍】を設置して外敵を遠くに弾《はじ》き出す『逆落とし』。あれと原理は同じだ。声、音とはつまり空気の震えなのだから、俺の声で震えた空気をメロの耳元へと飛ばしてやれば言葉を届けられる。

「……はい。でも、私にできることなんて」

「【熾《し》天使の恩恵】を貸す。死後まもなくであれば蘇生《そせい》が可能な治癒スキルだ」

ティーナが有していた頃の【天使の白翼】でも他のスキルで補助すれば可能だった。進化した今なら成功率はさらに高いだろう。

ただし実践した例は今までに一度もない。

「そんなスキルまで持ってるの……!?」

「これを貸せば君は二つのものを失う。ひとつはスキルだ」

進化した【熾天使の恩恵】は莫大《ばくだい》なスキルポイントから成り立つ。一割の利息でも他のスキルを食い潰す可能性が極めて高い。

「もうひとつは、なんでしょうか」

「寿命だ。蘇生は使用者の寿命を削る」

「じゅ……ッ!?」

メロの呼吸がぐっと詰まるのが、はっきりと見て取れた。

「何ヶ月分なのか何年分なのか、それは分からない。検証のしようがなかった」

ティーナが蘇生を使わなかった、そして俺も軽々《けいけい》に使えずにいる理由がそれだ。

スキルは習得時におおまかな効果は自覚できる。だが詳細までは実際に使ってみないと分からず、特に希少なユニークスキルは先駆者もいないから自身での検証が必要だ。

このスキルでどの程度の寿命が減るのか。

その答えは死ぬまで分からない。

「表立って尋ねれば里人たちの手前、君に拒否権はなかっただろう」

「……はい」

「それにこれは、いわば盗人が盗んだものを返すだけの行為。罪を償うのとは全く別の話で、蘇生した後で君の死刑が決まることだってありうる」

「はい」

「あくまで君自身に決めさせるためにこうして密《ひそ》かに聞いている。もし君にその気がないなら――」

俺が全て言い終わる前に、メロの返事が届いた。

「やります」

メロの答えは明確だった。

「本当か？」

「やりたいんです。お願いします、私の決心が鈍らないうちに」

「……分かった」

メロの意思を確かめて、俺は立ち上がった。

「皆、聞いてくれ。俺のスキルを……」

◆◆◆

「あ、あああ……！」

若い母親が子供を抱きしめて泣いている。その肌は傷一つなく、すやすやと寝息を立てる姿は生気に満ちている。

俺自身、一瞬とはいえ脳を破裂させた身だ。治癒スキルで元通りになった脳へ意識を戻すことで蘇生した経験がある。【熾天使の恩恵】も同じ原理なら、あの子の今後に重い後遺症が残るようなこともないだろう。

「ハッ……ハッ……」

その隣でメロが息を荒げているのは、消耗ではなく緊張によるものだ。この一回で彼女の寿命は確実に縮んだ。額に吹き出る汗をコエさんがそっと拭い取っている。

「お身体《からだ》に異常はありませんか？」

「他には、いらっしゃいませんか」

身体を気遣ったコエさんへの、彼女の返答はそれだった。

「他に亡くなられた方がいらっしゃれば、ここへ」

「い、いや、その子だけだ……」

先ほど厳罰を求めて気勢を上げた若者が答えると、それを最後に場はしんと静まり返った。

メロは自分の壊したものを回復しただけだ。盗人が盗んだものを返したとして、その罪が消えるわけではない。彼女の処遇はまだこれから決まる。誰もがそれを分かっているからこそ、誰も何も言えないまま時間が過ぎてゆく。

先刻までの喧々囂々《けんけんごうごう》ぶりが嘘《うそ》のような静寂の中。大人よりもやや高い少女の声がした。

「まだ、そいつの話を聞いてない」

立ち上がったのはシズクだった。周囲が不意にざわめきだす。

「いや、しかし聞いたところで」

「そうですよシズクさん。弁解なんかさせたって」

横からの声に、しかしシズクは動じない。

「言い逃れするかしないかはこいつの自由だ。ただ、何も言わせずに決めるのは公正じゃない」

全員の目が再びメロに集まる。自分の言葉が待たれていると知り、呼吸を整えること数回。それから長い沈黙を経て、メロは口を開いた。

「……皆さんに、お願い、ができる最後の機会と思って、言います」

お願いだと、といきり立つ人々をシズクが目で制した。

「このスキルで、私の仲間を取り戻しても、よろしいでしょうか」

彼女の仲間。小隊長と呼んでいた剣士の男に、男女の魔術師が二人。いずれも鳥黐蝸牛《スネア・スネイル》の触手に絡め取られて死んだはずだ。

メロは、それを取り戻したいという。

「私たちは、許されないことをしました。皆さんにとっては仇《かたき》です。それでも私にとっては六年間いっしょに戦った仲間なんです……！」

「六年……？」

六年間。その数字に、不意に記憶を呼び起こされた。

『七年目からゴリッと上がるんだわ、退職金が』

『リーダーの決定だからな』

『右に同じ』

『私は反対したんですよ？　でも、多数決なので……』


『てなわけだから、ちゃっちゃと死んでくれや』


数週間前まで共に戦っていた連中の顔が浮かぶ。ちらりちらりと、俺の脳裏を過ぎ去っては消えてゆく。そんな俺の頭にメロの声が妙に響く。

「コエさん、でしたね。その方に言われて自分の頭で考えました。自分がどれだけのことをしでかしたのか。これからどうすべきか」

どんなに立場が悪くなるとしても、ここで言わなければ後悔すると気づいたから。

「仲間は必ず説得してお役に立たせます。公爵との折衝にも尽力します。だからどうか、仲間を助けさせてください……！」

「寿命を削るんだろう。いいのか」

「……かまいません」

承知の上だとメロはまっすぐに言った。そんな捕虜にシズクもまたまっすぐに応じる。

「なら、やるといい」

「い、いいんですか……?」

「救えるものを救わせないのは、殺すのと同じだ。ボクらはお前たちに死刑を下していない」

先ほど「殺せ」と叫んだ母親も、首を横に振った。

「ありがとうございい、ます……!」

「皆も、それでいいな? 極刑を望む者は名乗り出ろ!」

シズクはそこで言葉を切ったが、周囲のざわめきは止まっていない。「それは」「たしかに」「いや」と小さく論じ合う声が聞こえてくる。

シズクは黙って立ち続ける。まとまらぬ声が飛び交う中、俺は一言だけ発した。

「どうした。シズクはそこにいる。異論があるなら堂々と申し立てればいい」

待つことしばし。

異論は出なかった。水を打ったような場の中心で、アサギが刀でトンと床を叩《たた》く。

「意見は出尽くした。これより、このアサギが里長《さとおさ》として裁を下す」

アサギはまず若者たちに言う。

「厳罰に処すべきとの意見、至極もっとも。されど人を鞭打《むちう》ったとて何も生まれぬ」

次に年寄たちに言う。

「領主との交渉に用いるべしとの意見、まこと賢明なり。されど里の存在を知らせるには時期尚早である」

最後に女衆に言う。

「労役につかせるべしとの意見、実に合理的。されど兵《つわもの》の用法としては些《いささ》か無駄多し」

全員に言う。

「捕虜であるメロとその一味には、『蒼《あお》のさいはて』での労務を命ずる。身を粉にして探索し、できうる限りの資源と宝物を集めよ」

「……なるほどな」

魔物がいなくなってもダンジョンは広大かつ奇々怪々だ。狼人《ウェアウルフ》たちでは探索もままならないだろう。

俺が主導するつもりでいたが、別に専門家がいるのなら任せない手はない。

「やがては里の存在を世に知らしめる時が来よう。その暁には速やかな返還に向けた交渉を行うものとする」

アサギが再び俺に宝刀を差し出し、答えを待つ。

「マージ殿、これが我らの結論です」

「マスター」

「ああ」

ダンジョンを任せるのはいい案だったが、それはあくまで外面だ。

俺が見たかったのはもっと根本の部分。奪われたから奪い返すという行為を、目的《ゴール》でなく手段《スタート》として見ているか。

奪い返したところから何を生み出すか。彼らはしっかりとそれを見据えていた。

「……初めにも言った通り、俺は誇り高くて清廉潔白な人間なんかじゃない。それならシズクの方がよほど適任だ」

ただシズクはまだ幼い。里の人々を一言でまとめるだけの貫目が足りていない。だから、彼女が王位に相応《ふさわ》しく成長するまでは俺が『借りる』。

「借りものの王位。それくらいが俺には丁度良い」

刀を受け取り腰に帯びる。鋼の刃はその見た目よりずっと重く、厚い。

「俺は奪われた者たちの王になる。奪われたものを奪い返し、その先を作る王だ」

「なれば我らも、その道を往《ゆ》きましょう」

アサギが頭を垂れ、狼人《ウエアウルフ》たちがそれに続いた。

4. 西へ、西へ

二日後、早朝。

「……さてと」

朝霧の中、メロは少ない荷物を担ぎ直す。その手には縄も枷《かせ》もない。彼女が立つ道は里の外れへ、そして山中へと続いている。

狼《おおかみ》の隠れ里は山奥にある。入るのはもちろん出るのも容易《たやす》くはないが……そこは兵士として鍛えた身。スキルを失っても踏破するくらいはわけないだろう。

「メロさん」

「おわぅ、ビックリした」

朝霧の中に溶け込むような銀の髪に白い肌。小さな包みを手にしたコエが、音もなくメロの後ろに立っていた。

「行かれるのですね」

「追い出されるって言った方がいいのかも。鍵を開けてくれたのはコエさん？」

「さて、なんのことでしょう」

治癒スキル【熾《し》天使の恩恵】は死後まもなくであれば蘇生《そせい》すら可能だが、その際に使用者の寿命を蝕《むしば》む。合わせて四人を蘇生したメロの寿命がどれだけ残っているかは誰にも分からない。あるいは明日死ぬかもしれぬ身だ。

だとしても、里の秘匿を考えれば外へ逃がすなどあってはならないこと。

ならないこと、だが。

「誰にも気づかれないうちに、遠くに行かないとね」

狼人《ウェアウルフ》は並の人間よりも聴覚や嗅覚が鋭敏だ。もちろん捕虜には交代で見張りもつく。メロの脱走を把握していないはずがない。

それでも誰も咎《とが》めに来ないのは、そういうことなのだ。そうまでされて留《とど》まるほどメロも意を汲《く》めない人間ではなかった。

「こちらはマスターよりの餞《はなむけ》です」

「マージさんから？　何これ、素材？」

手渡された小さな包みを開くと、棘《とげ》のようなものが収まっていた。大きなものから切り取られた小片らしい。

光に透かしてみれば、中が黄色い液体で満たされているのが見て取れる。

「お気をつけて。毒牙の一部ですので」

「……怖さに耐えられなかったら使えってこと？」

自決用かと訝《いぶか》しむメロに、コエは首を横に振る。

「この牙の持ち主の名はヴリトラ。またの名を『死なずの龍』」

「死なずの……？」

「これは猛毒である前に、不死の龍の体液なのです。薬へと加工すれば失われた寿命をいくらかは補えるやもしれません。ここより遥《はる》か西の国には学徒の街があるといいます。そこへ行き、これを扱えるだけの知識とスキルを持つ人物をお探しください」

「遥か西って……。あははは、さすがマージさんだ」

声を抑えて笑うメロに、コエは首を傾《かし》げる。

「さすが、ですか？」

「ここはアビーク領では西の田舎。ここから西へ向かえば領地の外、もっと言えば国の外だもん。死にたくなかったら国から出ていけ、そうすればココのことをしゃべる相手もいないだろう、ってね」

「それは……」

「それに捕虜を死なせたって言われたら困るから、脱走させれば一挙両得。すごいなぁすごいなぁ。私ももっと考えて生きてれば、そういうことを思いつける人になれてたのかな」

感嘆しながら霧に覆われた空を仰ぐ。まだまだ青空は見通せない。

「でも、薬の材料までくれるのはちょっとサービスしすぎじゃない？」

「それについては、マスターからの伝言があります。『たしかに「神銀の剣」は三流だった』と」

「……どういうこと？」

マージもメロと同じく六年間を仲間と共に戦い、しかし仲間に殺されかけた。そのことまではメロにはあずかり知らぬこと。

考えて分かることでもないかと、メロは包みを大切にしまいこんだ。

「じゃあ、そろそろ行くね」

「はい。貴女《あなた》の旅路に幸運がありますように」

「ありがとう。本当にもしもだけど、また会うことがあればこのお礼は必ずするってマージさんに伝えて」

青色の透け始めた空の下、メロの背中は山中へと消えていった。

第3章

プロローグ

四方を山に囲まれた狼の隠れ里。その東側、高く険しい尾根から顔を出したそれは見上げんばかりの威容だった。コエさんやシズク、アサギたちも皆一様に空を見上げている。

「マスター、あれは」

「……ゴーレム、だ。信じがたいけれど」

人を寄せ付けぬ険しい山々をものともせず踏み越え、白磁の人型が木々をなぎ倒すように里へと向かってくる。

土塊人形《ゴーレム》。

最高位の錬金術師がそのスキルでもって土をこねあげ、仮初の生命を吹き込んだ泥人形だ。大きさや精巧さは術者の力量によるとされる。熟練すれば大きなものも作れるのは道理とも言えようが、よもやあれほど規格外な大きさと迅速な動きが可能だとは。

石の巨人は歩みを止めず、その目は何を思ってかじっと里を見下ろしている。

「何かを探している、のでしょうか？」

「マージ、どうする」

「シズクはアサギと協力して里を周り、皆をひとところに集めろ。戦闘になっても巻き込まれることのないようにだ」

「分かった」

「あとは、俺がやる」

　シズクが駆けてゆくのを見送り、改めてゴーレムを見上げる。あの目立ちようで偵察ということもあるまい。目的がなんであれ、里に踏み込まれれば歩くだけで壊滅は必至だ。

「コエさん、奴《やつ》の足元にあるのは？」

「機織り小屋などが集まる生産区域です。破壊されれば復旧には少々時間がかかるかと」

「あれより先には行かせられない、か」

　ダンジョンで戦った鳥黐蝸牛《スネア・スネイル》と比しても遜色ない巨体で、しかも二足歩行。どれほどの力を秘めているのか未知数だがやるしかない。

「【阿修羅《あしゅら》の六腕】、起動。とにかく里から引き離す」

「はい、マスター」

　不可視の六腕が現れる。地を打って跳び上がり、一直線にゴーレムへと肉薄した。右の三腕で同時に顔面を殴りつけると巨体が大きくのけぞる。

「……硬いな」

　顔面を砕き、一歩後ろへ下がらせたが手足は健在。追撃を――。

「もしかして【技巧貸与《スキル・レンダー》】さんです？」

「ッ!?」

「どうもどうも。ご挨拶に伺ったですが、ひょっとしてお取り込み中ですか」

「……お陰様で」

ゴーレムの肩に乗った赤髪の少女になぜか挨拶され、俺は振りかぶった左拳の行方を見失った。

1.【アルトラ側】人生最大のチャンス・滅

錬金術とは、読んで字の如《ごと》く『金を生み出す技術』のことだ。広義にはそれを扱う学問体系も含めてそう呼ぶ。

「その究極目標は『不可能の証明』にあるとジェリは思うのです。できないことを証明するのは、できることの証明よりもずっと難しい。鉛から黄金を作るのだって最後はできてしまったのですから」

できると思えないことを本当にできないと証明しようとしたら、結果的に可能だと証明されてしまった。その失敗が『成果』として世間に認められた末に今日の錬金術があるのだと、天才錬金術士アンジェリーナは燃える瞳でそう語った。

「だからこそ錬金術は面白いのです。中でも最高なのが土塊人形《ゴーレム》です。ゴーレムは神です。なんでもできます。なんでもできすぎて最高に最悪です。ゴーレムを使ってもできないことを見つけるのがジェリの夢です」

「お、おお。なるほどな？　夢は大事だ、うん」

「共感」

出された豪華な食事には目もくれず錬金術の魅力を熱弁するアンジェリーナに、『神銀の剣』リーダーのアルトラはうんうんと意味もなく頷《うなず》く。

学者相手なら役に立つかもと連れてきたエリアは隣で目を輝かせるばかり。研究者肌だからか楽しんではいるようだったが、肝心の理解は追いついていない。「なんだかすごくすごい話が展開されている」と感嘆するばかりだった。

「それでだなアンジェリーナさんよ。我々『神銀の剣』は君を破格の条件で……」

「あ、それはもういいんで帰ります！　皆様のご活躍をお祈りしてるです!!」

難解な錬金術を若くして修めた才媛にして、ギルドや軍からの度重なる勧誘を受けながらも学者一筋であり続けた学究の徒。赤い髪をなびかせて一礼すると、アンジェリーナはさっさと席を立って出口へと歩いていった。

「待て待て待て待て待て！　なんでそっちが不採用通知《オイノリ》を出してんだ!!」

「おっとととととと」

ひょいと回れ右させられ、アンジェリーナは自分より頭ひとつ半は上にあるアルトラの顔を睨《にら》みつけた。

「なんで止めるですか！　ご飯を残したからですか！」

「あれは後でエリアが始末するからいいんだよ！　ああ見えてよく食うから！」

「おお、健啖家《けんたんか》です」

「じゃなくてだな！　なんで帰ろうとしてんだ！」

どうにか足を止めさせたアルトラが上から見下ろす。目を合わせ……たつもりが、身長に似合わず大きくせり出した胸へと視線が吸い込まれた。

「ど、どこ見てるです!?　変態さんですか!?」

「違う！　高低差のせいだ！」

「ジェリは【技巧貸与《スキル・レンダー》】のマージさんに用があって来たです。変態さんではなく！」

「マ……！　い、いやいや。あんな奴いなくてもだな」

　ギルド内では『マージがいたから「神銀の剣」は強かった』という噂《うわさ》が広まりつつあった。そこからの逆転をかけて呼び込むはずのアンジェリーナの口からもその名前が出て、アルトラの背中に汗がじわりと滲《にじ》む。

「いなくても、なんですか？」

「このオレ、アルトラ様の無双の剣技でもってすればどんな敵も一刀両断よ！」

「あ、そういうの興味ないです。【技巧貸与《スキル・レンダー》】さんが一〇〇としたらナメクジの一夜干しくらいの関心度です」

「数字の比較ですらねえ……」

　にべもない返事で勢いを削《そ》がれたアルトラに、アンジェリーナは「ふむ」と胸を支えるように腕を組んだ。

「もしや、変態さんは【技巧貸与《スキル・レンダー》】の価値が分からないですか」

「そ、それはだな……」

「無二のスキル効果もさることながら、使い手も相当な切れ者とジェリはみています。だからこそ、ゴーレムと【技巧貸与《スキル・レンダー》】のシナジーにできないことはほとんどないでしょう。

マージさんとジェリでもできないことを探すためにジェリははるばる来たのです」

あくまで目標に近づくためだとするアンジェリーナに、しかしアルトラは食らいつく。

「だとしてもだ！　そっちから入りたいって来ておいて、土壇場になってやっぱりやめますは筋が通らねえだろ！」

正論に見えたアルトラの口撃を、しかしアンジェリーナは「はて」と受け流した。

「いざ来てみたらパーティが機能停止しててもです？」

「うぐっ」

「それにジェリはギルドさんから勧誘された側です。八歳の時にギルド本部のマスターさんが会いに来て、その場でナプキンに契約書を書いて誘ってくれました。その時は断りましたが、『支部でもどこでも好きな時においで』って言われたです」

「そ、そうだったのか？」

用意していた手札が尽きる感覚に、アルトラの背中がどんどん水浸しになってゆく。

とはいえ、とアンジェリーナは思案する。

「土壇場で断るのがよくないというのは一理あるです」

「そ、そうだよな！」

「だから、こうするです」

アンジェリーナは、アルトラに向けて指を一本立てた。

「変態剣士さんとジェリのゴーレムとで一本勝負です。変態さんが勝ったらパーティに入るです」

「なんだと?」

「冒険者なら拳で語るです。学者に負ける剣士についていくいわれもありません。まして変態さんですし！」

不味《まず》い、とアルトラは思った。

ゴーレムといえば錬金術士が使う傀儡《くぐつ》人形。土がある限りいくらでも湧いてくると聞いている。制御の効かない【剣聖】にとって相性最悪な『群れ』の敵だ。

「……上等じゃねえか」

受ける以外の選択肢など、アルトラには残されていないのだが。受けなくてはジェリは帰ってしまう。何より、学者との一騎打ちに怖気《おじけ》づいたなどと噂が立とうものなら……。

「では、行くです」

場所を表へと移し、十歩ほどの間隔を空けて向き合う。野次馬が集まる中でジェリは地面に手をつくと、小さな手のひらに意識を集中した。

「【泥土《デイド》の嬰児《ミドリゴ》】、起動」

瞬きひとつ分の時間もかからなかった。

土が盛り上がり、現れたのは人型。質感は陶器に近いだろうか。やや下半身が大きくずんぐりとした人形といった姿をしている。

「いいですねー男前ですねー。遠い遠いいつか、君も人間に生まれ変わったらジェリの旦那様ですよー」

「ゴー！」

数は、一体。

「は？　そのチビだけか？」

「チビとはなんですか！　ジェリの一九八三代ほど来世の旦那様ですよ！」

「お、おう」

仮初とはいえゴーレムも生命。ならば遠い遠い未来に人間として転生することもありうるから、その時には結婚できるね、という理論を展開するアンジェリーナ。

「ご、ゴーレムが人間になるかってのはまあ、ともかくとしてだな」

いける、とアルトラは思った。

「石の巨人がゾロゾロと出てくるもんかと思ったが。この小さいのを叩《たた》き割りゃあいいんなら余裕だぜ……！」

「ジェリはいつでもいいです」

「オレもいつでもいいぜ。おいエリア、合図しろ！」

剣を抜き放ち、隣で骨付き肉を食べていたエリアに開始の合図を命ずる。

「了解。……用意」

エリアは言われるがまま右手の肉を掲げると、それを勢いよく振り下ろした。

「始め」

「行くぜ！　ゴーレムといや動きは鈍重って決まってんだよ！」

「――【跳躍】、起動！」

「へ？」

アルトラの視界から、小さなゴーレムが消えた。

「ど、どこ行った？」

「変態さん」

キョロキョロと見回すアルトラに、アンジェリーナが指差したのは『上』。

「上？　おわっ！」

アルトラが慌てて飛び退《の》く。直後にズン、と地響きを上げて降ってきたのは、確かに今しがた消えたゴーレムだった。

「『生み出した者の持つスキルを反映できる』。ゴーレム最大の特徴はそこにあるです」

「ゴーレムが、スキルを使えるってことか……!?」

「どんどん行くです。【跳躍】、起動」

ゴーレムが再び跳び上がった。小さく下半身の強い形状が効果を発揮している。

屋根より高いその姿を、今度はアルトラもしっかり見上げている。

「ハッ、ネタが割れちまえばそんなもん！　【剣聖】、きど……げっ、足が!?」

動けない。

アルトラの両足首は、地面から生えた腕だけのゴーレムにしっかりと摑《つか》まれていた。

「一九八四代先の旦那様、ナイスです。さんにーいち、どーん！」

「ぐえっ！」

アルトラの背中にゴーレムが直撃した。

ゴーレムにのしかかられて動けないアルトラに、アンジェリーナはしゃがんで目線を合わせる。

「どうです？　白旗ですか、変態さん？」

「う、うるせえ！　ゴーレムと恋愛したがるド変態に上げる白旗なんざねえ！」

「……です？」

「へ？」

「ちなみに」

アンジェリーナは一度立ち上がると、再び地面に手をついた。

「【泥土《デイド》の嬰児《ミドリゴ》】、再起動」

土が盛り上がる。瞬時に形成されたのは形状的にはほぼ同じの、しかし大男のゴードンよりもさらに大きな土人形たち。次々と現れては野次馬の輪を外へと押し出してゆく。

「ゴゴゴゴッッッ!!」

まさしくアルトラが想像していた『ゴーレムたち』だった。

「石の巨人がゾロゾロ、ももちろんできるです」

「お、おい？」

「そして、この全員にスキルは反映できるです」

「ま、待て？　落ち着け？」

「【跳躍】、起動」

巨体が、大地を揺らして跳び上がった。太陽が隠れるほどの影がアルトラの頭上に舞う。

「ひっ」

「悪かったですね、人間に愛されない地味女で」

「そ、そこまで言ってな……ぎゃあああああ!!」

アルトラの姿が、ゴーレムたちの向こうへと消えた。

「……現実問題、今世の旦那様がいないのが目下の問題です」

「心配無用。きっといつかいい出会いがある」

「エリアちゃんはいい人です。そうだ、ひとつお願いがあるです――」

◆◆◆

「はっ！」

「目覚めを確認。おはよう」

アルトラが目覚めたのは、『神銀の剣』が拠点にしている宿屋の一室。気絶している間に運ばれたらしい。外はすでに夕刻になろうとしており、かなりの時間を眠っていたと理解させられた。

起き上がってみて、アルトラは背中の痛みに顔をしかめる。

「いでで……。そうだ、アンジェリーナは!?」

「つい先ほど、街を発《た》った」

「くそっ！　出世のチャンスが……！」

苛立《いらだ》ちのままにベッド横の壁を叩いて、隣の部屋から叩き返された。

「うるせえぞ、粘土人形とネンネしてろ！」

どうやらすでに勝負の結果も広まっているらしい。

「チッ……。ん？」

ふと、感じた違和感。

部屋から何かなくなっている、ような。

「おいエリア」

「何か？」

「マージの荷物は？」

ダンジョン『魔の来たる深淵《しんえん》』でマージを追放した際、ゴードンに回収させたマージの荷物と装備。その後はダンジョンに行く機会もなく、部屋の隅にまとめてあったはずだった。

　それがごっそりとなくなっていた。

「アンジェリーナが、マージが身につけていたものを所望した。どうせ使わないと判断し譲渡」

「渡したのか!?」

「同じ皿から食した友情ゆえに」

　この時間までアンジェリーナが出発しなかったのは、エリアと食事しながら友情を育んでいたためだったらしいと。アルトラは理解して頭を抱えた。

「しかし、なんだってアンジェリーナはマージの荷物なんか」

「曰《いわ》く、嗅覚に特化させたゴーレムで追跡できる可能性がある、とのこと」

「……なんだと!?」

　アルトラはベッドから飛び起きた。

　痛む身体《からだ》に鞭打《むちう》って外へ。街で一番高い鐘楼を駆け上がると、ぐるりと見回した。

「――いた！」

「よーしよしよしです。マージさんの匂いを追いかけるですよ」

「ンゴッ！」

「いつか君もジェリも犬に生まれ変わる未来があれば、その時は旦那様です」

アルトラの口角が、ニヤリとつり上がった。

2．無限水源

「差し当たって最大の問題は、やはり食料かと」

俺が王位について一週間。おおよそやるべきことは見えてきた。

里の様子を見渡せる高台には俺とコエさん、それにアサギとシズクが集まり、後ろには里の主だった者たちが並んでいる。

「今までは『蒼《あお》のさいはて』で魔物を狩り、その肉で食いつないでいたんだったな」

尋ねると、里の者がそれぞれ答えてくれた。

「ええ。森は小規模で獣も少なく、狩りは十分にはできませぬ」

「麦の種籾《たねもみ》を手に入れて栽培を試みたこともあったのですが……。年を追うごとに収穫量や質が落ちてしまい失敗しました」

「それで『蒼のさいはて』に食料を求めましたが、やはり魔物は手強《てごわ》い上に食える種類も多くなく……」

里の人口はだいたい四〇人。これがこの土地で養えるギリギリだったのだろう。ダンジョンの『王』がいなくなって魔物が湧かなくなった今、この四〇人が腹を満たせるだけの食料の確保が急務だった。

「今、捕虜たちにダンジョンで資源を探させてる。うまく見つかれば目処《めど》も立つはずだ」

「恐れながら、マージ殿」

前に出たのはアサギだ。俺が王となって里長《さとおさ》の職は解かれたが、やはりこれまで里を治めてきた実績は評価すべきところ。今も実務的な部分はほとんど彼に任せている。

王は君臨せよ、されど統治はするべからず。過去にそんな言葉を残した歴史家がいると聞くが至言だと思う。

「どうしたアサギ」

「確かに『蒼のさいはて』では価値ある資源や宝物が見つかりましょう。私も同様に考えて捕虜にそう命じました。しかし、いつまで何が採れるとも知れぬ洞窟に頼った生活は……自立とはやはり呼び難く」

こういうところがアサギのいいところだ。目先の利益に惑わされず、広く長い視野で物事を見ることができる。

ちょっと長い目すぎることがあるのが玉《たま》に瑕《きず》だが。

「ああ、分かってる。俺が探させてる資源は高純度の神銀《ミスリル》やマナの固まった帝石《みかどいし》だけじゃない」

「と、言いますと？」

「ん、ちょうど結果を聞けそうだ」

そんな話をしていたら、ちょうど探索者たちがやってくるのが目に止まった。こちらへとまっすぐ向かってくる。

「見つかった！　見つかったぞ！」

「質も量も十分です！　見本も採ってきました！」

　息を切らして走ってきたのはアビーク公の精兵で、メロの仲間だった剣士と魔術師たちだ。メロが蘇生《そせい》させ、彼女が里から脱走――あくまで脱走だ――した今も、彼らは日々『蒼のさいはて』へと潜って探索を行っている。

「その前に、洞窟そのものはどうだった。攻略して一週間、普通ならあちこち崩れだしているはずだ」

「いいえ、綺麗《きれい》なものでありました。魔物だけがいないのが不気味なほどに！」

「疑うわけじゃないが、本当に大丈夫だな？」

「天に誓って！　我が盟友が寿命を削って取り返したこの命で、そのようないい加減な仕事などできましょうか！」

「よし、よくやった」

　ダンジョン『蒼のさいはて』を利用する。それは何も資源を掘って売るばかりが能じゃない。

「マージ殿、彼らは何を言っているのですか？」

「ひとつ試していたことがあるんだ。うまくいくか分からなかったから、ぬか喜びさせないよう皆には黙っていた。すまない」

「いえいえそのような。して、何をお試しに？」

俺が目指したのは『蒼のさいはて』の保管だ。

ダンジョンは最奥の『王』が要石だ。『王』を失ったダンジョンはそれこそ要石を外した橋のようにガラガラと崩落する。ならば。

「新しい『王』を用意すればいいんじゃないか。そう考えた」

「は？　た、たしかに理屈はそうやもしれませぬが……。S級ダンジョンの『王』が務まる魔物など、どこから連れてくるというのです」

「連れてきていたんだ。卵だけどな」

「卵……？」

S級ダンジョン『魔の来たる深淵』。

その『王』にして不滅の蛇龍ヴリトラを俺は倒し、その際に忘れ形見を持ち帰った。

「ヴリトラの卵。それを『蒼のさいはて』最奥に設置したことで洞窟は再び安定化した」

「なんと……！」

「卵でもダンジョンを維持できるだけの力がある龍だ。きっと孵化《ふか》し、成長するにつれてダンジョン内も充実していくだろう」

卵を育てる場所を見つけるのも俺の旅の目的のひとつだった。カゴに入れてパンをあげていれば育つ生き物でもなし、どこか広くて人気のない安全な場所をと思っていたのだ。

「あの『王』の部屋こそが最適だったんだ。この里は、白の龍と、そして『蒼のさいはて』とともに生きる。そのための第一歩は成功した」

ダンジョンが成熟しきると魔海嘯《マカイショウ》を起こす。それは『王』の力量に依存しており、『王』が成長しきると起きるとも言い換えられる。もともといた『王』では五十二層が限界だった今のダンジョンも、ヴリトラを戴《いただ》くことでさらに成長を遂げるに違いない。

「問題はヴリトラが人間と共存する意思を持てるかだが……。もし不可なら俺が責任を持ってダンジョンを再攻略する」

そうなるとしても十年や二十年は後の話だ。それだけダンジョンが長持ちすれば、探させた資源で十分に里を立て直せるはず。俺は報告を聞くべく捕虜の剣士に向き直った。

「それで、探させたものはどうなった？」

「は、これが見本であります」

ちなみに彼の名はベルマンという。脱走前のメロに聞いたところでは『騎士かぶれな人』。亜人の里に住まわせるには少々危険な思想だが……。仲間だったメロが寿命を犠牲にして自分たちを蘇《よみがえ》らせたと知ってからは、彼女の意思を完遂すると言って日々ダンジョンを駆け回っている。

そんなベルマンたちから受け取った壺《つぼ》には透明な液体が満たされていた。

「アサギ、これをどう思う？」

「これは……水、ですな。質は里の水源とさほど変わらぬ様子」

資源とは『水』だ。

第四層の湖でコエさんが確かめた水質は良好だった。それと同等のものが第一層にもないか探させたところ、入口からさほど遠くない場所に水源が見つかったという。水質が里の水と変わらないのもありがたい。

「なぜ水を？　麦畑を作れる程度の水であればすでにありますが」

「麦畑《それ》は失敗したんだったな。どうしてか理由は分かってるのか？」

「おそらくですが、麦にとって必要なものが土から吸いつくされたのでございましょう」

同じ作物を同じ畑で作り続けると、育ちが悪くなったり病気になったりすることがある。これを『連作障害』と呼ぶ。

そこまでは分かったのですが、とアサギたちは表情を暗くする。

「他の作物を作るなどして工夫をしても、土の寿命は延びて数年。休耕地を作る余裕もない里では限界がありました」

「……教えてくれる者もいない中で、よくそこまで」

「生き残るためですので」

里の外ではもう少し進んで、一年ごとに小麦、根菜、大麦、そしてマメを順に育てる方法などが見出《みいだ》されている。これらの作物は土から吸い上げるもの、土に残すものがそれぞれ違うため、互いに補い合うように農作ができるという。

ただ、土地ごとに相性がある上に検証にかかる年数が長い。他の作物を試しても駄目だったのなら固執すべきではないだろう。

「俺も連作障害が気になってな。そうしたら以前、狭い土地でも何百年と連作できる作物について聞いたことがあったのを思い出した」

「なんと、そんなものが？」

「名前は『イネ』。水を張った畑に苗を植えて作るんだ。水が土を洗って新しくするから、土の中のバランスが一定に保たれるらしい」

「確かにそれは水が多く要りますな」

本来なら雨が多くて水の豊富な土地でやるものだ。この周辺地域では難しかっただろうが、ダンジョンを無限水源として維持できるのなら話は変わる。農耕において最大の難関とも言える『水問題』が完全に解決されるはずだ。

「ダンジョン式灌漑《かんがい》農業、ってとこだな。当分の間はダンジョンで得たものをキヌイで食料に換えて食いつなぐ。その間に農法を確立させて自給自足の体制を整えよう」

「そこまで考えてらしたとは……。して、その作物の種はあるのですか？」

「今はない。だから、これからシズクに王として初めての命を下す。お前が一番適任のはずだ」

シズクが一歩前へ出て、地に膝をついた。

「なんなりと」

◆◆◆

数日後、宿場町キヌイ。

「くくく、かなりの損失を被ったのも今は昔……。まだまだワタシの時代は終わらんぞ」

帳簿の数字を見つめ、キヌイの事業主ゲランは顔を歪《ゆが》めて笑う。マージ、シズクとの抗争で現金を全て失ってまもなく一ヶ月。商売は傾き、町では子供にまでバカにされるようになってすっかり頭が薄くなってしまった。

「マージ＝シウに犬っころめ。現金を奪っていい気になっていたようだが、真に優れた経営者は現金以外の資産にこそ力を入れるものだとは知るまいて」

それでも諦めないのが商人という生き物である。ゲランは残った財産をやりくりして事業を再開し、どうにか軌道に乗り始めたところだった。

「この調子なら来年には前以上の……ぐふふふふ」

「だ、旦那。お客様です」

修繕された跡のあるドアをノックしたのは部下のエルドロ。筋肉の塊のようだった身体《からだ》もこの数週間で少ししぼんだように見える。

「客ぅ？　聞いとらんぞ」

「で、でも会わせろと」

「ワタシは忙しいのだよ。一体誰なんだ」

返事の代わりにエルドロの横に現れたのは、亜麻色の髪と尾を持つ狼人《ウエアウルフ》。

「ボクだ」

「……出たあああああああああああああ!!」

その姿は二人が見慣れたものより身綺麗《みぎれい》にはなっていたが、見間違おうはずもない。ゲランとその手勢をたった一人で叩《たた》きのめした狼人《ウエアウルフ》、シズクがそこに立っていた。

「大きい声を出すな」

「な、な、キヌイを出ていったはずじゃ!?」

「出かけてただけだ。お前に仕入れて欲しいものがあって戻って来た」

「仕入れ……？　なんでワタシが！」

「マージが言ってたんだ」

マージ曰《いわ》く。

「『奴《やつ》は手を切り落とされても金を手放さなかった。追い詰められても「金をやるから助けて」とは最後まで言わなかった』って」

「あ、当たり前だ！　やらんでいい金をやるバカがどこにいる！」

わめくゲランを横目にツカツカと部屋に入ると、シズクは手近な椅子に腰をおろした。

「そういうところだ。お前は下衆《げす》で下品で性根もネジ曲がってるし、ついでに髪も薄い」

「ぐぐぐ……！」

「でも、手元の金を守ることに関して『だけ』は誰よりも信用できる。手堅く何かを仕入れさせるにはもってこいだ」

　だからマージはゲランを選んだと、シズクはそう言った。対するゲランはギリギリと歯ぎしりをしてからフンと鼻を鳴らす。

「言わせておけば失礼な！　帰れ帰れ！　ワタシが貴様らに手を貸すとでも思ったかね!?」

「なんだ、忘れたのか」

「な、何をだ！」

　このやりとりは想定済みだとばかりにシズクはエルドロに話を振った。

「エルドロ、お前はマージを襲いにきた時になんて言ったっけ？」

「『全部奪い取ってやる』、と……」

「うっ」

「だからボクも言った。『それならこちらも全部いただく』。なんて答えた？」

「できるもんならやってみろや、と……」

「うぐっ」

　その場にゲランもいて笑っていたのだから、部下が勝手に言いましたは通らない。

「そしてマージが勝った。なら、お前のものを全部持っていくのが筋だろう。持っていかなかった分は許したんじゃなく、預けてるだけだ」

「あ、いや、それは……！」

　ゲランの頭をよぎるのは、今や誰もが知っているあの話。

『ゲランは全部奪ってやるとマージに喧嘩《けんか》をふっかけて、返り討ちで全部持っていかれるところをお情けで許してもらったらしい』

　事実だけに否定もしきれずにいたらひと月で町中に知れ渡ってしまった。痛いところを突かれて冷や汗を倍増させるゲランに構わず、シズクは淡々と続ける。

「ボクらに協力するなら預けたままにするとマージは言ってる。その金で商売して、儲《もう》けを少しこっちに回すだけでいい。ただし無茶な商売やあくどいことをしたらボクが来る」

　その意味を理解して、ゲランはバンと机を叩いた。

「つまり、また投資か！　寝ているだけでワタシの儲けを持っていけるとは、あいつめなんと羨ましい立場を……！」

「ひとまず今日までの回収分として、ここに書いてあるものを仕入れて町長の家に持っていけ。そこからボクらに渡る手はずになってる」

　まだ反抗的な目をしていたゲランだったが、町長までマージの手の内だと知ってがっくり肩を落とした。

「ワタシの……ワタシの商売が……」

「ああそうだ。お前にはもうひとつ任せる仕事がある」

　シズクが取り出したのは鉱石の塊だった。黒い石にチラチラと白銀が光るそれを手に取って、ゲランは椅子から飛び上がった。

「ここここれはもしや神銀《ミスリル》の鉱石!?　外見の美しさもさることながら、純銀との合金とすることで刀剣の材料としても無二の性能を発揮する素材……！」

「リノノ宝飾店は知ってるな？」

「リノノ？　あ、ああ。あの強気な女の」

「リノノは貴金属商人からの信頼が厚い。彼女を通じてこれや他の鉱物を換金する商売をしていい」

シズクの言葉にゲランは頭の中の計算尺を動かす。

「リノノの奴を通して……相場が……上納が……うほほほほほほ！」

「……気持ち悪いな。やるのか、やらないのか」

「やる！　いや、やらせていただきます！」

◆◆◆

先日の会議と同じ高台で、俺はキヌイから戻ったシズクの報告を聞いていた。

「上手《うま》くいったよ、マージ」

「ああ、ご苦労。よくやった」

ほぼ俺の計画通りと言っていい内容だ。これで安定してダンジョン産の品を換金しつつ、里の外から種や食料を買い付けられるだろう。

リノノは一人で店を切り盛りする職人だ。いきなり大量の鉱石や原石を売りさばけと言われても難しい。その点、ゲランは規模の大きな商売に慣れている。

俺たちは資金と商品を。

リノノは目利きと信用を。

ゲランは商売の手腕を。

それぞれが持っているものを出し合い、利益を最大化することができるだろう。

「ゲランまで儲けさせることないんじゃない？」

「敵は殺すよりも取り込んで利用する方がいい。そのためには鞭《むち》だけじゃなく飴《あめ》も必要ってことだ」

「なるほど、そうやって勢力を伸ばしていくんだ……」

「ひとまず下地は整った。あとは結果を待つだけだ」

眼下に広がる里の風景は少しずつ様変わりしている。まず『蒼《あお》のさいはて』から水路を引き、死んだ麦畑を再利用して水田とした。森に積もった落ち葉を集めて肥料にするための山道も整備しているところだ。

狼人《ウェアウルフ》たちは俺が貸したスキルを勤勉に使いこなし、色々な作業を着実に進めている。

「皆があんなに張り切って仕事してるのなんて、ボクも初めて見るかもしれない」

「あの期待に応えないとな」

「できるよ、きっと」

こうしている間に一人の錬金術士が里に迫っていたことを、俺たちが知るよしもなく。

二ヶ月ほどが何事もなく経過した。

3．土塊人形《ゴーレム》

俺が里にやってきて二ヶ月半ほどが経《た》った。

食料の備蓄は早々に底をつき、キヌイから仕入れた食料で皆の腹を満たす時期に入っている。早めに手を打ったことが功を奏した形だ。おかげで飢えは回避されたし、その次に恐れていた、『捕虜にダンジョンを採掘させることで労せず糧を得ることに、里の者たちが慣れてしまう』という事態にも至っていない。

むしろ捕虜に養われるなど狼人《ウエアウルフ》族の名折れ。そう言って俺やベルマンたちにダンジョン探索術を習う者が現れているほどだ。中心になっているのはメロへの厳罰を主張した、あの黒髪の若者。彼が旗振り役となり、悪戦苦闘しながらも最奥到達を目指して訓練が続けられている。

遠からず、農耕と採掘が二本柱として両立が叶《かな》う日も来るかもしれない。

もう一本の柱である農作についても、アサギが里の者たちと日々議論を交わしている。

「この時季は分けつと言いまして、茎が枝分かれして増えるのです。麦の場合ですと茎を踏んで折るなどして多すぎず少なすぎずとするのですが……」

「稲でも有効かもしれぬ。試してみよ。水を抜くことも考えてくれ」

「やはり雑草の被害が無視できませぬ」

「年を経れば減ってゆこう。今は手で毟《むし》って耐えよ」

「一部の稲に病害のようなものが……」

「悪いものはすぐに取り除き、塩や酢などを……」

麦を栽培した際に相当な試行錯誤を行ったらしく、その経験が稲にも生かされている。とはいえ全く同じでない上に、如何《いかん》ともし難い違いが頭をもたげていた。

「マージ殿」

「あ、ああ。ご苦労だったなアサギ」

「人手が、足りませぬ」

麦は、露地に種をばら撒《ま》いて育てるのが一般的だ。この里で麦を作ろうとした時にもそうしたという。

一方、稲は予《あらかじ》め安全な場所で根が出るまで育て、それを水田へと移植する。さらに水の量によって生育を制御できるのだ。これにより、一粒の種から得られる収穫量は時に麦の十倍を上回る。

連作障害が出ない上に収穫の効率もよい。狼《おおかみ》の隠れ里に適している半面、かかる労力も多大であった。

「マージ、人が増えるスキルとか……」

「流石《さすが》に無い。ゴーレムでも使えれば別なんだろうが、あれはちょっとな」

「何か問題が？」

「習得できないんだ、そう簡単には」

スキルにも習得のし難いし易《やす》いがある。

中でもゴーレムを生み出して操るスキル【泥土《デイド》の嬰児《ミドリゴ》】は別格だ。曰《いわ》く、錬金術士としての全てを捧《ささ》げて習得するまでの難スキル。扱える者は片手で数えるほどしかおらず、その者たちは他のスキルをせいぜい一つか二つしか持たないという。

「パーティにスキルを配布する立場だった俺には、どうにも手の出しづらいスキルだっ……た……？」

「マージ殿、いかがした」

里の周辺にゆるく張り巡らせていた意識が、不意に異常を察知した。

「マスター、あれは」

「……ゴーレム、だ。信じがたいけれど」

錬金術士向きの難関スキルで、ゴーレムを生み出す【泥土《デイド》の嬰児《ミドリゴ》】。

使える人間など片手で数えるほどしかいないはずのそれが俺の感知範囲に突如現れた。

まさかと思って意識を集中してみても、そのゴツゴツとした身体《からだ》が鮮明になるばかりだ。

「マージの、じゃないんだよね」

「ああ、里の東寄りにいきなり現れた。さすがに何かの間違いと思いたいが……」

周りの狼人《ウエアウルフ》とともども、そちらに目をやる。

山奥にいきなり規格外のゴーレムが現れる。そんなことがあるものかと思っていたが、バキバキと木と岩を踏み砕く音が確かに聞こえる。里の誰かがぼそりと呟《つぶや》く。

「ゴーレムだ……」

木々をなぎ倒すように、白い巨体が姿を現した。

「野生のゴーレム、っている？」

「いない。ダンジョン内ならともかく、地上であの大きさが彷徨《さまよ》っていれば騎士団に討伐されているはずだ」

騎士団の名にアサギの表情が硬くなる。

「騎士団か……。彼奴《きやつ》らめ、亜人も人形も変わらぬと申しますか」

「ここにも伝わってたか。まあ、そういう連中だ」

騎士団とは国家直属の軍事力であり、主に独自判断で動く部隊の名だ。その目的は『人とそれ以外を分かつこと』。俺を含む『人間』をヒト種で最も優れた存在とし、シズクたちのような亜人が反抗すれば一切の情を見せず討滅する。

かつて亜人と人間の争いが激しかった時代、無力な市民を亜人から守る『盾』として設立された強者《つわもの》の群れ。時を経て亜人も減った今では、人型と見れば全てを異端として扱うまでに過激化しているという。

その極端な行動原理はたびたび問題視されているが……。一方で熱狂的な支持者も存在するのが面倒な点だ。反抗的な亜人にパン切れを渡しただけで殺された人の噂《うわさ》もある。

「噂は噂、どこまで本当かは分からないがな。とにかく騎士団に討滅されていないならつい最近造られたものだ。近くに隠れている術士を叩《たた》けば動きは止まるはず」

「……山中に潜まれているとすれば骨ですな」

『敵兵器としてのゴーレム』。その最も厄介な点は、実は力が強いことでも身体が硬いことでもない。

『歩ける』ことだ。

ゴーレム自身が歩行できるために術士が必ずしも近くにいなくてもよい。知性がないゆえ、術士の指示がなくては単純な命令しかこなせないだろうが……。安全地帯から一方的に攻撃できるメリットはそれを補って余りある。

石の巨人は歩みを止めず、その目は何を思ってかじっと里を見下ろしている。

「マージ、どうする」

シズクに尋ねられて思案する。あの大きさでは崩落しただけで里に被害が出かねない。仮に術士《ホンタイ》を見つけても、倒す前にゴーレムを里から引き離さなくては。

「シズクはアサギと協力して里を周り、皆をひとところに集めろ。戦闘になっても巻き込まれることのないようにだ」

「分かった」

「あとは、俺がやる」

シズクが駆けてゆくのを見送り、改めてゴーレムを見上げる。あの大きさに重量、里に踏み込まれれば歩くだけで壊滅だ。

「コエさん、奴《やつ》の足元にあるのは？」

「機織り小屋などが集まる生産区域です。破壊されれば復旧には少々時間がかかるかと」

「あれより先には行かせられない、か」

ダンジョンで戦った鳥竊蝸牛《スネア・スネイル》と比しても遜色ない巨体で、しかも二足歩行。どれほどの力を秘めているのか未知数だがやるしかあるまい。

「【阿修羅《あしゅら》の六腕】、起動。まずは里から引き離す」

「はい、マスター」

不可視の六腕が現れる。地を打って跳び上がり、一直線にゴーレムへと肉薄した。

「……硬いな」

三つの拳で顔面を砕いたが手足は健在。追撃を――。

「もしかして【技巧貸与《スキル・レンダー》】さんです？」

「ッ!?」

「どうもどうも。ご挨拶に伺ったですが、ひょっとしてお取り込み中ですか」

「……お陰様で」

ゴーレムの肩に乗った赤髪の少女になぜか挨拶され、俺は振りかぶった拳の行方を見失った。小柄すぎて遠目には全く気づけなかったらしい。

あまりに敵意のない振る舞いに俺も毒気を抜かれたか。一度は避難した狼人《ウェアウルフ》たちを呼び戻して、改めて顔合わせの場が設けられて今に至る。

「改めまして、アンジェリーナです。錬金術士です」

ゴーレムを小さく造り直し、アンジェリーナは家ほどの大きさになったそれの手のひらで敬礼する。軍人にも見えないし彼女の趣味か何かだろうか。

「マージ＝シウだ。俺のことを知ってるのか」

「変態さん……アルトラさんから聞いて来たです」

そういえば、アルトラが俺を追い出す代わりに錬金術士を入れると言っていた記憶がある。このアンジェリーナがそれか。

「なら、俺を探しに来たのはアルトラの命令か」

周囲の狼人《ウェアウルフ》が身構えるが、ジェリはそんなものは目に入っていないとばかりに身を乗り出した。

「いえいえ、【技巧貸与《スキル・レンダー》】さんに用があるです。純然たる学術的興味です」

やたらと目がキラキラ、あるいはギラギラしている様子からして嘘《うそ》を吐《つ》いているようには見えない。

「……悪意がないのはひとまず信じるとして」

「ありがとうございます」

だが、俺たちの立場は彼女の興味とは別にある。

「君は学術院にはもう帰れない。ここを外に知られるわけにはいかないからだ」

俺の言葉に、アンジェリーナはぐるりと周囲を見渡した。

「ふむ？　言われてみれば、ここには狼人《ウエアウルフ》さんたちが隠れ住んでるですか。確かに騎士団とかが怖いやつです」

「気づいてなかったのか……。残念だがそういうことだ。君が何を解き明かしても、それを誰にも伝えられない」

　どうやら彼女には俺しか見えていなかったらしい。ようやく自分の置かれた状況を把握し、アンジェリーナは思案すること一秒。

「発表なんかしてもしなくても分かったことに変わりはないので、そこは別にいいです。それを踏まえて取引を提案するです」

「取引？」

　俺がゴーレムを砕けることは先の衝突で分かったはず。力ずくでも逃げることのできない状況に臆することなく、彼女は指をピッと立てた。

「おそらく皆さんが直面している最大の問題は『労働力不足』、ですね？　さっきこの子の肩から里の全景を見たです。立派な水田があるですが、耕作面積から推測できる必要労働力に家や人の数がつり合ってないです」

「そこまで分かるのか」

「ジェリはゴーレムを使って労働力不足を解消します。代わりにジェリの身の安全と衣食住、それに工房用の土地と資材と清潔なベッドとそれと……」

「こやつ、どんな心臓をしておるのだ……？」

アサギが思わず呟いた。『命だけは助けてください』かと思ったら、完全に自分の研究所をここに作る気でいる。聞きはしないが「帰れないなら作る。当たり前です」なんて真顔で言いそうだ。心臓に神銀《ミスリル》の毛でも生えてるんじゃないだろうか。

訪問から何から色々と予想外ではあったものの。彼女の存在に相応のメリットがあるのもまた事実だった。

「いいだろう。十四番目以外は認める」

「やっぱりだめですか。仕方ないです」

十四番目の要求は『【技巧貸与《スキル・レンダー》】と同居』だった。

概《おおむ》ねは要求が通ったことに満足してか、アンジェリーナはふへへと濁った笑みを浮かべている。

「図らずも自分の工房が強化されました。これで【技巧貸与《スキル・レンダー》】とゴーレムを存分に研究できます」

「そうまでしたところ残念だが、【技巧貸与《スキル・レンダー》】はそんな都合のいいスキルじゃない」

「世の理《ことわり》は常にトレードオフ。もちろん代償《リスク》は想定してるです」

「その【泥土の嬰児《ディドミドリゴ》】を失う可能性があってもか？」

アルトラたちの愚行を繰り返すわけにはいかないと説明してみる。

その点でこういう頭で動くタイプはむしろ御しやすい。理路整然と説明すれば理解するし納得するのならそれに越したことはないのだから。

スキルの仕様と利息についてひと通り聞き終えると、ジェリは「それで？」といった顔で首を傾《かし》げた。

「あげてもいいですよ？　【泥土《デイド》の嬰児《ミドリゴ》】」

「……何？」

「確かに【泥土《デイド》の嬰児《ミドリゴ》】があればゴーレムを作るまではできます。でも製作と運用は別問題。ジェリがゴーレムを一番上手《うま》く使えるのですから、またジェリに貸し戻すに決まってるです」

大した自信だ。学者として極めたがゆえのものだろうか。

実際、俺がゴーレムを全て操作して畑仕事をさせるなんざ大変なだけだ。任せられるところは任せた方がいい。

「なら、取引成立だ。里から脱走しようとでもしない限りは自由にしていい。あくまで補助としての役割を頼む」

「合点承知！」

翌日から早速ゴーレムによる作業の効率化が始まった。力が強く疲れを知らないとはいえ、家を踏み潰したりはしまいかと懐疑的な目を向ける狼人《ウエアウルフ》もいたが……。

蓋を開けてみれば、『万能ではないが便利な農具』というのが里人たちの評価だった。水路の走る里を俺より頭ひとつ分ほど大きな土人形が闊歩《かっぽ》する姿はなかなか壮観だ。アサギも進捗を確認して満足気に頷《うなず》いている。

「餌を食べず倍力の農耕馬、ですな。こと水路掘りでの働きが目覚ましいようです」

「樋《とい》の幅を調整して整流化と損失水頭の最小化まで終わらせたです。ついでにお魚でも泳がせますか？」

「魚もいいが、次は損失量も出してくれるとダンジョン内の作業量が決まって助かるな。地面への浸透と蒸発分だけでいいから頼めるか」

「委細承知！」

ゴーレムに加えてアンジェリーナ自身の計算能力が頼もしい。経験に基づく知識はアサギに軍配が上がる一方、学術としての知識はアンジェリーナが圧倒的だった。

「犬型ゴーレムでコツコツ匂いをたどって来て、最初にするのが流体力学とは思わなかったですが」

「そんな方法でここを見つけたのか……。まさかとは思うが、誰かにあとをつけられたりはしてないだろうな」

念のためにと確認すると、アンジェリーナは「抜かりなく」と胸を張った。

「ジェリも尾行の可能性なら勘案したです。変態さんはマージさんのこと探してるってエリアちゃんから聞いたですから。なので、二ヶ月かけて来ました」

「二ヶ月」

二ヶ月。

「山を越え谷を越え、朝に歩いたり夜に歩いたり。あっちへこっちへ振り回しながら来たです。もし後ろをつけていた人がいてもとっくに見失っているでしょう」

「ゴーレムを足代わりにしているからこそ、か」

「です。最後の大きいのも、道が険しくなってきてから造ったですから。人目にはついてはいないはずです」

「ふむ……」

確実を期したいところではあるが、ちょうど作業をひとつ終えた狼人《ウエアウルフ》たちが指示を仰ぎに来たことで話は中断された。

◆◆◆

その前日。

長旅で消耗しきった姿で、しかし眼光だけは執念深く彼方《かなた》を見つめる男がいた。その視線の先には木々を見下ろす巨大な土人形。それはなぜか山の真中で解体すると、そのまま出てくることはなかった。

遥《はる》か遠目ではあったが、男はそこが自分の目指した場所だと確信した。

「あそこにいるのかァ……マージィ……!!」

4. アビーク公爵邸にて

「はて、お命を大切にと申し上げたはずですが？」

黒服の執事兼秘書は片眼鏡を持ち上げて眉をひそめる。大領主たるアビーク公爵に仕える彼も多忙な身であったが、S級パーティのリーダーに正式な手続きを踏まれれば無下にするわけにもいかない。一度失敗したとはいえそれだけの権威がS級にはある。

かくしてアビーク公爵邸の客間には、アビーク公への目通りを願う『神銀の剣』リーダー、アルトラがどっかりと座っていた。

「ご忠告痛み入りますがね、こちとら明日をも知れぬ冒険者稼業。命を張らなきゃあ何にもできねえんですわ」

「道理ですな。しかし、申し上げたはずです。我が主《あるじ》に面会できるとすればどんな時か」

「それはもう覚えてますとも」

御披露目《おひろめ》会で失態を演じたアルトラは弁解の機会を望んだ。しかしそれは叶《かな》わず、この執事より出されたのは『実質的に不可能』とも言える条件だった。

『天変地異か、それか民衆の蜂起にでも気づかれたらおいでくださいませ。領地を治める者としてお会いくださるかもしれませんよ』

しかし実質的に不可能と不可能とは違う。

「天変地異か反乱をお見つけになったのですね。さて、いずれでしょう？」

「まずは証人を呼びましょう。来い！」

「は、はい……」

アルトラの乱暴な呼びかけに応じてドアを開いたのは老齢の男。明らかに憔悴《しょうすい》し、手には枷《かせ》がかけられている。

「アルトラ様、無辜《むこ》の市民に枷をかけるなど許されざることです。確証があってのことなのでしょうな？」

「宿場町のキヌイは知ってますよね？　こいつはそこの町長です」

「……ほう？」

執事の目が光り、町長はビクリと身体《からだ》を震わせた。反応ヨシと見てアルトラは勢いづく。

「俺に聞かせた通りに言え。隠したりごまかせば首を飛ばす」

「め、めっそうもない！」

「アルトラ様、あくまで理知的にお願いいたします。まずは貴方《あなた》のお名前とお立場を」

「わ、私はヴィントルと申します。キヌイの町長を務めて十年になります。これが証印です」

アルトラの紹介と食い違いが無いことを確かめ、執事は先を促す。

「キヌイには、どこからかやってきた狼人《ウェアウルフ》が一人住んでおりました。それが最近、ある旅人の庇護《ひご》を得たようなのですが、その……」

「もたもたするんじゃねえ。優しく聞いてるうちが華だぞ」

「ひっ。た、旅人とどこかへ消えたと思ったら、急に大量の物資を買い付けるようになったのです！」

キヌイ町長ヴィントルはマージによって利益を得ていると同時に借金のある身。マージの理解者でもあり、口の軽い人間ではなかったが……。

S級冒険者に詰問され、領主の館へ呼び出されては隠し通すなど無理な話であった。

「物資、とは？」

「は、食料、建材、穀物の種籾《たねもみ》、農具、最近では少量ですが武器なども……」

「ふむ」

思案する素振りを見せる執事に、アルトラは得意げに言う。

「私がキヌイ近くで怪しげな動きを察知しましてね。ちょっと『ご協力』を願ったら出るわ出るわ。こんなんで、どうでしょう？」

「何がおっしゃりたいのです？」

「『民衆の蜂起』。それも狼人《ウェアウルフ》の反乱の匂いがしませんか……!?」

二つある条件、天変地異と並ぶもう一方。

これは重要な情報だと主張するアルトラを脇に置き、執事は町長に尋ねる。

「ヴィントル様」

「は、はい」

「貴方とは初対面です。ですが、お名前は最近お目にかかりましたね」

「そ、それは……！」

「あん？」

執事はアルトラの方をちらと見て、まあいいでしょうと言いたげに口を開いた。

「実はアルトラ様との一件があって間もなく、当家の私兵が殉職したのです。私兵と言いましても雑兵ではありません。ベルマン隊といい、確かな実績もある精鋭たちです」

「おっと、そりゃまたどうして？」

殉職の二文字にニヤニヤと笑うアルトラ。執事は眉をひそめつつも先を継ぐ。

「彼らは魔物の調査をしておりました。その際、大きな群れと遭遇して残念ながら……と。隊長以下三名が死亡、一名が行方不明と報告が為《な》されたのです。このキヌイ町長、ヴィントル様の名で」

「う、嘘《うそ》は申しておりません！　町の方で魔物の討伐を依頼した人物から、遺品とともにそう聞かされたのです！」

「その者の名は？」

「ま、マージ＝シウさんです……」

「執事さん、そのマージってのがですね」

町長の言葉に、アルトラはゲゲゲと笑った。

「俺のパーティの裏切り者で、さっきの狼人《ウエアウルフ》を拾った旅人。色んな物資を買い漁《あさ》ってる張本人なんですよ……！」

「……！」

死者、裏切り者、亜人、不審な物資調達。様々な事象が寄木細工のように繋《つな》がっていく感覚に執事は小さく息を呑《の》む。それを好機と見たか、アルトラは大きく胸を張ってみせた。

「ご安心を！　Ｓ級にいたといっても奴《やつ》は雑魚！　ちょっとばかし強くはなってるようですが、ええ！　私と公爵様のお力を合わせれば一捻《ひとひね》りですとも！」

再び思案する執事。これは自分の与えられた権限を超えると判断したか、アルトラに奥の扉を指し示した。

「旦那様がお待ちです。どうぞ奥へ」

「くく、ハハハ！　見てろマージ！　お前に取られたもん、全部取り返してやるからなァ!!」

第4章

1. 暗雲

「マージ様、また一枚の水田が……」

「……そうか」

狼人《ウェアウルフ》が指差す先の水田に、本来あるべき青々とした稲の姿はない。

俺は水田を七つに分けさせていた。様々な条件を試すためと、何かの原因で一度に全滅することを防ぐためだ。

うち二つは茎がねじ曲がるように育って実らず、二つは虫に食いつかれてほとんどが枯れてしまった。残り三つは順調に育っていたはずが、そのうちの一つで稲が一斉に倒伏して枯れ始めたのだ。おそらく何かの病気だろう。

「調査ができるだけの稲を摘みとり、残りは焼き払え」

「し、しかし！　まだ無事な株も少しですがございます！」

「病なら他の水田に伝染《うつ》るかもしれない。ここだけに留《とど》めるんだ」

「かしこまり、ました……」

狼人《ウェアウルフ》たちの足取りは重い。それでも必要と理解して火を放つが、皆、燃えてゆく稲をいつまでもじっと見つめている。

「マスター、気を落とされず」

「ああ、分かってる」

コエさんが寄り添ってくれるが、現実は無情だ。これで残りの水田は二枚。そのどちらかだけでも穂が出なければ里の食糧計画は暗礁に乗り上げる。

種籾や農具の調達に尽力したシズクも、灰になってゆく稲をただただ見つめている。いつもピンと立っている亜麻色の耳にも力がない。

「マージ」

「どうした、シズク」

「うまく、いくよね？」

「うまくいく。何が起きてもそう言ってみせるのが俺たちの役目だ」

「ッ、そ、そうか。そうだった」

自分の頬を叩《たた》いているシズクの後ろでは、アンジェリーナが枯れた稲を手に取ってじっと見つめている。

「アンジェリーナ、現状をどう見る？　何か分かるか」

「これはカビのようなものによる病気です。ジェリも焼却処理しかなかったと思うです。水路は分かれてますから、他の水田に伝染《うつ》っている恐れは少ないでしょう」

「最悪の事態は避けられそう、か。対策は？」

「水面の辺りから菌糸が伸びて稲の足元を弱らせるようです。残りの水田ではよく観察して、見つけ次第取り除くべきです」

痛手ではあるが、原因と対策が分かったのならそれは前進だ。残り二枚の水田を守り切ることに全力を注ぐことだけを考えなくては。

「……マージ、あれ」

里を見渡していたシズクが、ふと、こちらに駆けてくる狼人《ウェアウルフ》に気がついた。俺の感知スキルばかりに頼らないようにあえて置いている物見の若者だった。慌てふためいた様子からしてただ事ではない。

どうやら、考えなくてはならないことはまだあるらしい。

「マージ様、ご、ご報告が！」

「誰か、彼に水を」

「そ、それより早く報告を！　そのために急ぎで、ひ、東に！」

「急いで駆けつけてくれたからこそ、正確に話を聞きたい」

飲用水は今も井戸のものを使っている。里の者が汲《く》んできた水を一杯飲ませると、若い狼人《ウェアウルフ》は大きく息をついてから地に膝をついて話し始めた。

「よし、報告してくれ」

「申し上げます！　山を越えた東の草原より軍勢がこちらへと向かっております！　その数、五〇〇以上！」

ざわ、と。里が大きくどよめいた。

「軍勢？　所属はどこだ。旗は見えたか？」

「遠目ではありましたが、ベルマンが身につけた装備の肩に描かれた紋章。あれと同じだったかと」

ベルマンたちの探索装備は自前のものをそのまま使わせている。そこに描かれたものと同じということは。

「アビーク公……！」

この一帯を治める大領主。その軍がこちらへと向かっているということを意味していた。

「マージ殿、いかがされますか」

「シズク、ベルマンたちを『蒼《あお》のさいはて』から呼び戻せ。中断できない作業がある者はアンジェリーナのゴーレムを借りて急ぎ終わらせ、それ以外の者はできる限りの武装を整えよ。俺の家を臨時の指揮所とするからコエさんとアサギは場を整えてくれ」

灰になった水田を前に指示を飛ばす。こんな時でも敵は、困難は待ってくれないらしい。

全員に指示が行き渡ったことを確かめ、最後に、これは自分に向けても告げた。

「――戦に備えろ」

2．緒戦

「おい、こんなところに本当に反乱軍がいるのか……？　キヌイとかいう田舎町がひとつあるだけだろ」

戦列を組む兵士の一人が隣の男に小声で話しかけた。

アビーク公の私兵において、彼は執事兼秘書が言うところの『雑兵』にあたる。それであっても兜《かぶと》、肩当て、胸当て、鎖帷子《くさりかたびら》など要所を確実に防御した装備が、公の軍備水準の高さを物語っていた。

「無駄口を叩くな。潜める場所が少ないなら敵も少ない。それに越したことはない」

「それはそうだけども。そんな相手に一大隊とそれに……!?」

行進していた彼の足が、ぴたりと止まった。

「地面が立ち上がってる!?」

目の前の大地が軍の行く手を阻んだ。壁と化した地面がゆっくりと崩れ、現れたのは白磁の巨人。

「ゴーレム……!?　ほ、本当に出た！」

事前に隊長より通達がなされていた。敵方にゴーレム使いがいる可能性あり、と。

しかし一般兵にとってはゴーレムなどおとぎ話の存在だ。実在することは知っている、だが一生触れることなどない、言ってしまえば王子様やお姫様と大差ないような『未知のナニカ』。

その程度の覚悟では、眼前に立つ巨人を前に歩を進めることなどできなかった。

「前方に土塊人形《ゴーレム》あり！　事前情報によると機動力、高！」

「中隊砲の用意急げ！　発射準備完了まで防衛せよ！」

隊長の檄《げき》が飛び、固まっていた兵士たちが動き出す。だがその胸のうちにある思いは皆同じ。

「どう防衛しろっていうんだ……!?」

その様子を、赤髪の錬金術士は山の樹上から見下ろしていた。

「混乱あれど立て直しは迅速なり、ですか。これ死なせるなってのは難儀するですよマージさん。……ジェリの責任かもなので、頑張るですが」

同刻、キヌイ中心部に住人たちが集まっていた。町長が何者かに拉致された混乱の最中に起きた異変。誰が号令するともなく誰が決めるともなく、皆が町の真ん中へと自然に足を運んできている。

「なんで領主様の軍がこんなところに……!?」

「通りかかっただけだろう。もしここに滞在するなら特需だぞ！」

「いや、もう何かと戦ってるみたいだ！」

「ね、ねえ。もしかして最近噂《うわさ》になってたやつじゃない？　あのシズクって亜人が仲間を連れてきて、自分を苦しめた人間を根絶やしにって……。領主様がそれに気づいて来てくれたのかも」

誰もが浮足立ち、流言飛語が飛び交う。それを叱りつけるように一人の女がやにわに顔を出した。

「あんたら、大の大人が雁首揃《がんくびそろ》えて井戸端会議かい!? んなヒマがあるんなら家財をまとめておきな! 滞在だとしても場所を空けなきゃ入り切らないだろう!?」

それはそうだが、と煮え切らない様子の住人たちにリノノは歯噛《はが》みする。彼女とて町に領主の軍がやって来るなど初めてのこと。強気に振る舞ってみても心中の戸惑いは否めない。

「マージさん、シズクちゃんよ。本当にあんたらなのかい……?」

困惑と恐怖に町が包まれる中、ふと、道行く人々の視線が通りの端に集まった。リノノも気づいてそちらに意識を向けてみて、日光を反射して白銀に輝く一団に思わず目を覆った。

騎馬隊だった。磨き上げられた重厚なる全身鎧《よろい》に、しかし顔と頭が見える奇妙な意匠の兜。その姿から分かるのはただ一点。

彼らは『亜人ではない』ということだ。

「騎士団だ……!」

誰かが呟《つぶや》いた。

騎士団。ヒトとそれ以外を分かつもの。その武勇は誰もが耳にする、しかし音に聞く危険さと過激さゆえに深く踏み込むのを憚《はばか》る国家直属組織。

「我らは白鳳《はくほう》騎士団。七つの騎士団のうち、神速を旨とする部隊である」

先頭に立つ浅黒い肌の男が、よく通る声を朗々と張り上げた。

「この度、この近辺にて亜人の反乱の予兆ありと報告がなされた。そしてこのキヌイにおいても亜人が生息し、今なお邪《よこしま》なる謀《はかりごと》を巡らしていることが明らかとなっている」

住人たちが口々に「やっぱり」「助けに来てくれた」「大丈夫なのか」と呟きあう中。

一人の小太りな男が、前へと進み出た。

「い、いやですねー騎士様。ハカリゴトだなんてそんなそんな。ちょっとした犬っころとのじゃれ合いがあったくらいでハハハ」

「ちょっとゲラン！　やめな！」

「皆様にわざわざお越しいただくほどのことはありませんって、ええ！」

リノノが慌てて止めるが、ゲランは構わず騎士へと近づいてゆく。彼はシズクを通した取引で利益を得ようと初期投資をしたばかりの身。それを守るべく動いたつもり、だったのであろうが。

「住人の証言により、亜人との癒着を確認」

騎士は馬上で直剣を抜き放った。

「へ？」

「『正常化』を開始する」

白銀が、翻った。

鮮血が散り、白昼の通りを赤黒く染める。一足早く飛び出したリノノが突き飛ばして急所は逸《そ》れたが、ゲランの右腕は肘から先がなくなっていた。

「ま、またワタシの右腕があああああああ!!」

鋭い。そして速い。一刀のもとに両断された断面は、騎士の技量と装備が優れることを、そして庶民が歯向かっても無駄だということを、これ以上ないほど如実に物語っている。

「うるっさいね！　腕の一本や二本で騒ぐんじゃないよ！」

髪を括《くく》っていた紐《ひも》で二の腕を縛り上げながら、リノノは騎士を睨《にら》みつけた。

「騎士さんだっけ。ゴミ掃除してくれるのは大いに結構だけどね。挨拶もなしってのはちょいとばかし礼儀がなってないんじゃないかい？」

「我らと亜人とは異なる生物だ。亜人はヒトを殺すことに一切の躊躇《ちゅうちょ》なく、その行動原理の全てがヒトを害する。それは歴史が証明しており、よって法もヒトと亜人を分けて定められた」

「はあ？」

回答になっていない回答。抜身の直剣から血を振り払い、男は顔に怒りを滲《にじ》ませる。

「にも拘《かか》わらず亜人にヒトとして接する民がいる。ヒトとヒト以外の区別がつかない者だ。ヒトと魔物の区別すらつかないかもしれぬ、幼子がごとき無知で愚かな民だ。あまりに、あまりに理解し難いが、それとて愛すべきヒトなのだ」

「な、何を言ってんだい？　なんだ、あたしらはヒトと魔物の区別がつかないって？　亜人をヒト扱いするから？　意味が分からない！」

うろたえるリノノには何も答えず、男は手振りで合図をする。背後の騎士たちが全員同じく抜剣した。

「我ら三十六騎。いずれ諸君らがヒトならざるモノに心を許してしまい、大いなる悲劇を生むことのないよう……この場にて『正常化』を行う」

「ッ、みんな逃げろ！　こいつらマトモじゃないよ!!」

リノノの叫び声を合図に住人たちは一斉に駆け出した。蜘蛛《くも》の子を散らすように逃げる人々だが、所詮は人の足。騎乗した騎士との速度差は如何《いかん》ともし難い。

真っ先に追いつかれるのは当然、すでに傷を負った者だ。

「ひい、ひい、なぜワタシばかりこんな目にい！」

「……だーもう！　こんなクズでも見捨てて逃げりゃ寝覚めは悪いか！」

リノノがゲランに肩を貸すが、そんな速さで逃げられるはずもなく。先頭にいた隊長と思《おぼ》しき男がゆらりとその背中に迫った。

「次はせめて、ヒトとそれ以外の区別ができる頭で生まれてくるよう祈る」

男が直剣を振り上げる。陽光を反射して白い輝きを放ったそれは、まっすぐに振り下ろされ――。

「むッ!?」

何かに弾《はじ》き飛ばされ、近くの家の壁に突き刺さった。

「――【装纏牙狼《ソウテンガロウ》】」

【マナ活性度：81,937】

白刃を阻んだのは黄金の爪。加速なく最高速へと達する動きで割って入ったシズクが、息を切らしながら騎士を威嚇した。

「シズクちゃん!?」

「お、おお、シズク！　ワタシを助けに来たのか！」

思わずといった顔でシズクに駆け寄るゲラン。その顔面を、シズクはぞんざいに蹴飛ばして近くの酒屋へと叩《たた》き込んだ。

「のげふっ！」

「怪我《けが》して逃げられないなら、せめてそこでじっとしてろ」

「シズクちゃん、助けてくれたのはありがたいけどね、すぐに逃げな！　こいつらは騎士団っていって」

「亜人《ボクら》を殺すためにいる連中だろ。騎士《ベルマン》かぶれからいろいろ聞いた。その割にリノノたちも殺そうとしてたみたいだけど、もしかしてヒトとそれ以外の区別がつかないのかな？」

「そこまで分かってるなら、どうして」

「自分が王と戴《いただ》いた人のため、かな」

リノノを後ろに庇《かば》いながらシズクは騎士と対峙《たいじ》する。馬に積んでいた短槍《たんそう》へと武器を持ち替えた騎士は、その切っ先をまっすぐにシズクへと向けた。

「やはり亜人が潜んでいたか。幼体が一体のみとは些《いささ》か拍子抜けだが……」

「なら喜べ。ボクは一人じゃない」

周囲を取り囲むように。

家々の陰から武装した狼人《ウエアウルフ》たちが現れた。先行したシズクに追いついた戦士、数にして十七人。

「なんと、これほどまでに汚染された町があるとは。正常化を、正常化を行わねば。亜人をヒトとして扱う哀れな者たちを正常化せねば」

「やってみろ。こっちはお前みたいな人間にはうんざりしてるんだ」

【マナ活性度：367,895】

これは爪を構えるシズク本人以外には知るよしもないことだが。

シズクを包む黄金色のマナは、数ヶ月前には到達しえなかった活性度へと至りつつあった。

◆◆◆

「……初動は押さえた、か」

閉じた瞼《まぶた》の裏に周囲の世界が克明に描き出される。アンジェリーナが領主軍と、シズクが騎士団とそれぞれ邂逅《かいこう》したのが見て取れた。

流れ込んでくる大量の情報に耐えながら、全体を把握した俺は小さく頷《うなず》く。

「亜人にパン切れをやった人間を騎士団が殺したなんざ、さすがに噂に過ぎないと思っていたが……。あながち嘘《うそ》でもなさそうだ」

想定される最悪の事態とは狼人《ウェアウルフ》の全滅。それは戦による死に限らない。里の外に彼らの居場所がない以上、里を蹂躙《じゅうりん》されることは全滅と同義だ。

ならば里に籠城するべきか。否、二番目に悪い事態が考えられる。

亜人が絡む以上、騎士団が出てくることは予想できた。彼らが里よりも先にキヌイを焼き払う可能性が無視できなかったのだ。何より事実としてそうなった。

本来なら俺がキヌイへ向かうべき場面だろう。

だがそれに、シズクとコエさんが待ったをかけた。

「マージにもマージの戦いがあるはずだ。戦士としての決闘を、ボクらのために犠牲にしないでくれ」

「指揮所は私とアサギ様で預かりましょう。どうかマスター、貴方《あなた》の思うがままに」

キヌイと里は自分たちに任せろと、そう言って譲らなかった。アンジェリーナもキヌイとこちらが決着するまで領主軍を足止めしてくれている。

「……臣下の気遣いを汲《く》むのも王の度量とは、なかなか難しいもんだな」

『奴《やつ》』の気配を捉えたことを口に出してしまったのが運の尽きだったかと、思わず苦笑いが漏れた。

里は今も危機の最中にあり、些細《ささい》なことで悲劇へと変わるだろう。それを脱するために俺が押さえるべき一点が今この草原にある。

「なんで見つかってしまったのか。ゆっくりと膝を抱えて原因を考え込みたいのは山々だが」

目を開く。視線を向ける先で、まだ肉眼では捉えられない『何か』が閃《ひらめ》いた。

「反省会は後回しだな」

ひとりごちた直後、衝撃が俺の横を駆け抜けた。

ガキン、と硬質なもの同士が激突する音に耳が痺《しび》れる。超速度で去来した『何か』は、俺を守る二体のゴーレムに阻まれて草原へと転がった。

それは矢でも砲弾でもない。白銀の直剣を手にした人間だ。草原が風に揺れる中、一人の男がゆらりと立ち上がった。

「見つけたぜェ、マァジイイイイイ！！！」

挨拶もない。名乗りもいらない。戦端はすぐさま開かれた。

「【剣聖】、起動！」

アルトラの姿が目視から消えた。スキルによる感知ですらもその影が霞《かす》むほどの高速。瞬きひとつのうちにアルトラは俺の遥《はる》か後方へと移動し、再びゆらゆらと立ち上がった。

「昔より速くなったたな。何をした？」

音を置き去りにせんばかりの剣撃。その一太刀がゴーレムの片方を粉砕し、俺の頬をわずかに掠《かす》めて傷を残していた。ひどく直線的だが精確さと速度は以前より増している。

補助するスキルもないはずなのに、通常ならありえない。

「さァな、当ててみな!!」

後方からの攻撃にもう一体のゴーレムが立ちはだかる。アンジェリーナが特に硬度を増して造ったそれを物ともせず突っ込んだアルトラは、刃で白磁の軀体《くたい》をガリガリと削り取って草原に転がった。

そしてまた、立ち上がる。

「お前こそいいオモチャ持ってんじゃねェか。アンジェリーナの奴はそっちに付いた、とお盛んなこって」

「お陰様でな。お前もずいぶんと元気そうだ。ゴードンやエリア、ティーナは息災か？」

「知るかよ、あんな役に立たねえ連中」

「なんだ。『神銀の剣』は無能を追い出して真のS級とやらになったんだろう。その仲間にずいぶんな言い草じゃないか」

「はっ、ゴードンはアリにビビって引きこもり、エリアは毎日カフェ巡り、ティーナに至ってはどこ行ったかも分からねえ。それももう三ヶ月近く前の話だがな」

　今頃どうしてるかは知らないし興味もないと、アルトラは吐き捨てるように言った。

　三ヶ月近く前というと、俺がパーティを抜けてからひと月が経《た》つか経たないかの頃だ。

ベルマンやアンジェリーナから聞いていた通りの壊滅状態だったらしい。

「時間はかかったが、もう逃がさねえ。その喉元、今ここで食い破ってやる」

「今さらだが一応聞いておこうか、元リーダー。何のためにそうまでして俺を狙う。何をしにここまで追って来た？」

「何をしに来た、だと？」

　濁っていたアルトラの目に、何かが燃え上がった。

「テメェがオレから奪っていったもん、全部取り返しに来たに決まってんだろうが!!」

　取り返しに来た。取り返しに来たと言ったか。

　そうか。アルトラにとっては自分が奪われた側で、俺が奪った側なのか。だから、奪われたものを奪い返しに来たから、こんなにも……。

「……よかった」

「よかった、だと？　よかっただと!?　何がだ！」

「よかったんだ、アルトラ」

　よかった。思わずそう口をついて出た。

　アルトラが公爵とともにここへ向かってると知った時。もしやアルトラの心境に変化があって、公爵に認められるほどの男になったのではないか。そんな想像が湧いてきた。

だがそうではなかった。アルトラはアルトラのまま、何も変わらずに来てくれた。

「訳分かんねえこと言ってんじゃねえぞ、無能が‼」

アルトラが再び剣を構えた。

「【剣聖】‼」

アルトラの速度はさらに上がり、ゴーレムの動きは完全に遅れた。閃いた刃はゴーレムの脇を抜けて俺へと迫る。

「獲《と》ったァ！」

アルトラの気配が背後に移動したと同時、俺の身体《からだ》が左肩から大きく断ち切られた。視界が真っ赤に染まる。鋭利な切断面は火のように熱く氷のように冷たい。

「ハッ、ハハハ！　ざまぁね……」

「【熾《し》天使の恩恵】、起動」

「なッ」

アルトラがこちらを振り返った時には、俺の傷は流した血ごと消え失《う》せていた。その光景にアルトラの顔がさらに歪《ゆが》む。

俺は、自分の頸《くび》を指差した。

「次は頸でも飛ばしてみるか？」

「テメェ、いつ回復術なんか覚えやがった⁉　それもそんな、まるでティーナよりも

「……」

「どうした？　来ないのか？」

「ぐ、ぐ……！　やってやるよ!!」

宣言通りにアルトラは俺の頸を刎《は》ねる。

治癒する。

「ぐぅぅ！」

俺の胴を割る。

治癒する。

「……そういう、ことか」

相手の手の内が不明なまま安易に【剣聖】を回収すれば、何が起こるか分からない。そう考えて幾度か受けてみて、間近で観察するうちにだんだんと分かってきた。

如何《いか》にしてアルトラがスキルの補助なしでこの速度を実現しているかが。

「クソッ、クソが！　テメェそれでも人間か!?」

「人でなしならお互い様だろう？　お前自身がどう思っているかはともかくな」

幾度目かの致命傷を治癒し終えた俺に、またふらふらと立ち上がったアルトラが毒を吐く。

「これならどうだ!?」

背後に立つアルトラの右腕に異物。そこから高速で飛来する物体あり。

俺は振り返らずそのままマナの流れを組み上げた。

「『冥氷術《コキュートス》』」

飛来した物体を氷の柱に捉える。その氷はアルトラの足元まで伸び、右足を地面へと縫い付けた。

「なっ、足が……！」

氷に封じられた物体をゆっくりと観察する。これは鉄矢か。先端に何かが色濃く塗られている猛毒矢だ。

こんなもの、速度ではアルトラの神速には遠く及ばないというのに。

「仕込み弩《ど》……。以前のお前なら、そんなものは決して使わなかった。遠くの敵だろうと駆け寄って斬れば済むからな。【剣聖】ならそれができる」

「オレのスキルを語るな！　お前如《ごと》きに何が分かるってんだ！」

「分かるさ。【剣聖】の唯一最大の欠点に気づいたのだって俺が先だった」

「【剣聖】に欠点なんざ……！」

「速すぎる。使用者自身の知覚を超えて速く『なりすぎてしまう』」

「……ッ！」

だから俺は【鷹《たか》の目】を貸した。動体視力を上げるという、それ自体はありふれたコモンスキル。才能に恵まれたアルトラは無意識に使いこなすまでになり、【剣聖】は縦横無尽の剣舞を放つスキルとしてその名を世に知らしめた。

それを失った今、アルトラは加速した自分自身を制御できない。必ず壁に激突するか地面に転がる。それは痛みと恐怖を伴うはずだ。

「それなのにお前は【剣聖】を今まで以上の出力で使っている。人間は、いや生物は、痛みと傷を恐れるようにできているのにだ」

よく見れば傷まみれの身体で、アルトラはくつくつと笑ってみせた。

「もったいぶってんじゃねえよ。そこまで分かってんならはっきり言いな」

「……アルトラ。薬で痛みを消して『タガ』を外したな」

何度か攻撃を身体で受けてみて分かったのは、『何もない』ということだった。

スキルに頼らない方法で動体視力を補ったか、あるいは何も見えず判《わか》らずでも戦える工夫を編み出したか。そのどちらかだろうと想像していた。だが違った。

『薬で痛みを感じないようにし、傷つくままに任せて一直線に突っ込む』

一直線だから速い。恐れないから強い。そんな、作戦とも工夫とも呼べないようなものが解答だった。薬の作用なのか常にゆらゆらと揺れているアルトラは不敵に笑う。

その手には、濃緑色の丸薬がつままれている。あれが痛みを消す薬か。

「安かねえ薬だが、効き目はてきめんってやつだ」

「そうみたいだな」

「アンジェリーナを追いかけるのは大変だったぜェ？　山、谷、沼、夜闇……何度も見失いかけて、その度に痛みを消して【剣聖】で追いついた。そうして苦労したぶん、オレは強くなった！　強くなったんだ！」

「強くなった、か」

「オレはお前よりもよっぽど苦労してんだ！　何もせず床で転がってりゃあS級でいられたお荷物マージとは違う！　なら、最後はオレが勝って全取りするべきだろうが！　違うか!?」

俺を追い出す時、アルトラは言った。「お前の存在は借金だ」と。

マイナスを生む俺とプラスを生むアルトラ。その二人が戦うならアルトラが勝つべきだ。どちらが強いかではなく、道理としてそうあるべきだ。アルトラはそう言っている。

「そうか。それが、アルトラの行き着いた答えか」

「持って生まれた者の重責ってやつだ。お前には一生分からねえよ、マージ」

「お前がそう思うのならそうなのかもな。だが薬に任せるなんて作戦でもなんでもない。続ければ……」

「知るかよ」

死ぬぞ、と。

俺がそう言い切る前に、アルトラは自分の足を固めていた氷をブーツごと引き剝がした。

「テメェから奪い返せなきゃあ、どうせ死んだも同然なんだよオレはよォ!!」

アルトラの足から血が流れるが、スキルによる加速はそれを意に介さない。神銀《ミスリル》の剣が白銀色を煌《きら》めかす。

「……奪い返すことを目的《ゴール》にした人間に、未来はないんだがな」

「両断しても無駄なら、細切れにしてやろうじゃねェか！」

迫るアルトラは速い。速いが、そこに何の工夫も無いのなら。それが奴《やつ》の『答え』なら。

「もう、いい」

今まで以上の剣速が俺を両断せんと迫る。ユニークスキルの全力を解放した、渾身《こんしん》の袈《け》裟《さ》斬りは。

「【金剛結界】」

カイン、と。硬質な音とともに弾《はじ》き返された。

「なっ……!?」

「見覚えがあるだろう？　ああ、【黒曜】って言った方が分かるか」

ゴードンのユニークスキル【黒曜】。

アンジェリーナに一部のスキルポイントを貸し与えたことで、先ほどのゴーレムは大きく強化されていた。アルトラの【剣聖】はそんなゴーレムを削ったが、【黒曜】が進化した【金剛結界】は硬さでその上をゆく。

「こん、今度は【黒曜】って……。そんなわけねえだろ嘘《うそ》つくな！　そ、そうだ、さっきから回復だの魔術だのと使ってみせてるが、そんなのはまやかしで、まさか、あるわけ……」

「『そんなことあるはずない』。そう思いたくなることも、世の中には山ほど実在するんだアルトラ」

自分を脅かすものなどこの世にあってはいけない。だから存在しないものとして扱う。アルトラはそうやって目の前の現実から目を背けているのだろう。人の弱い心には、それも時として必要なことかもしれないが。

そんな甘い夢が見られる時間はもう終わりだ。

「気づいてるか、アルトラ」

「な、何がだ」

ゴーレムを呼び寄せ、その大きく硬い軀《く》体《たい》をコンコンと叩《たた》く。

「自分を守る鉄壁の大盾」

「じ、自慢のつもりか？　ああ？」

先ほど切り落とされた頸を見せる。すでに傷跡すら残ってはいない。

「いかなる傷も瞬時に癒す治癒の力」

「なんだ、何が言いてえんだ！」

氷柱にマナを注ぎ、即座に蛇龍の氷像へと変化させる。

「強力無比な古《いにしえ》の魔術」

「な、なんだよ、やめろ、おい」

今から言うことは、本当に今さらなこと。何のひねりもないただの事実。だが見たいものしか見えない人間には確かな言葉にして言わなくてはならないこと。

そう、これらは。

「俺を、仲間を、殺そうとなんかしなければ。全部お前のものだったんだよ。お前は自分でこれを捨てたんだ」

「そん、ちが……!!」

何か言おうとしているが、もう興味もない。俺はアルトラに向けて右手を翳《かざ》した。

「最後に、まだお前の手に残ってるものを回収する。嫌だと思うのなら抵抗してみせろ」

3. シズクの戦

——同刻、キヌイ中心街。

騎士団の戦いは限りなく『人間らしい』とされる。では、人間と亜人の最大の差とは何か。

それを分かつのは『善意』であると騎士団は定義づけた。善意によって行動し、善意によって価値を生み出し、善意によって発展することができる。それが人間であり、亜人にはそれができない、と。

「貴様ら狼人《ウェアウルフ》は軽々しく誇りだなどと口にするが、その全ては他人を害することと繋《つな》がっている。唾棄すべき種族だ」

騎士の眼前には傷ついた狼人《ウェアウルフ》の戦士たち。いくら勇猛な戦士を祖に持つといえど、長く隠遁《いんとん》生活を強いられ、ほんの数ヶ月前に武器の扱いを学びだした身だ。亜人狩りの専門家を前にしては命を守るのが精一杯という状況であった。

特に生傷の目立つシズクは、それでも目だけは騎士をぎりりと睨《にら》みつける。

「それはそれは。……同じ人間を斬り殺そうとしてた奴が言うと、説得力が違うね」

「善意による正常化を語るな。虫酸《むしず》が走る」

「善意、善意か。じゃあその槍《やり》に塗ってある毒も善意なんだ？　善意っていろいろだね」

【マナ活性度：1,6¥1,jl5-0】

騎士団三六騎に対して狼人《ウエアウルフ》はシズクを含めて一八人。二倍という数の不利に加え、騎士団の使う武器がシズクに二の足を踏ませていた。

シズクを包む【装纏牙狼《ソウテンガロウ》】の黄金色のマナが、異変を来たしている。

槍によって傷を受けた右腕の爪は歪《いびつ》な形に捻《ね》じ曲げられ、すでに武器として用をなしていない。マナは活性し続けているがそれが攻撃力に変換されていないのだ。騎士は歪《ゆが》んだ笑みを向け、手にした槍の濡《ぬ》れた穂先を指でなぞった。

「この薬は主に鎮痛剤として流通しているものだ。丸薬であることが多いがね」

槍に仕込まれた濃緑色の薬剤を指で掬《すく》い取ってみせる。柄から滲《にじ》み出した水薬が槍の穂先を滴り、傷口を確実に侵す仕組みになっているらしいとシズクは理解した。

「鎮痛、剤？」

「よって我らの武器にて傷つけられた者は、さしたる痛みを感じることもなく死ぬ」

「……腕を斬られたゲランが妙に元気だったのはそのせいか。大した善意だね」

「だが過剰量を投与すると、マナの流れを乱す副作用が生じる」

騎士は穂先でシズクの歪んだ右爪を指し示した。その姿こそが人間の叡智《えいち》の結果だ、とでも言いたげに。

「ボクの爪がこんなになったのも、その薬のせいか」

「肉体強化、或《ある》いは武装型のスキルを持つものならばスキルのマナを乱され、一種の混乱あるいは暴走状態を引き起こすのだ。己《おのれ》らには理解できまいがな」

狼人《ウエアウルフ》の【装纏牙狼】は肉体強化と武装の併用型だ。騎士がそれを乱す薬を用意していたなど、およそ偶然とは考えづらい。

「現れた亜人が狼人《ウエアウルフ》であったことは当然に調査済み。ならば過去の文献をあたり、対策するのが『人間の知恵』だろう」

「戦ってる敵に自慢げにつらつらと。三流のやることだな」

「笑止。夜闇に乗じて動き、こそこそ卑怯《ひきょう》な闇討ちを繰り返すことを『誉れ』などという奸賊《かんぞく》と我らとは違うのだ」

「ッ、父祖を愚弄するな、下衆《げす》が！」

シズクは吠《ほ》えるが、軽々に飛びかかってゆく真似《まね》はしない。右半身の肉体強化も乱されて痺《しび》れたように動かない今、そんなことをすれば死に直結する。

何よりシズクは大切な部隊を預かる身。これ以上の毒を受けて行動不能になれば狼人《ウエアウルフ》全てを危険に晒《さら》す。そんな愚を冒すことは、シズクの脳裏に浮かぶ王の目が許さない。

「……信頼は、裏切れない。裏切れないんだ」

戦うべきか、逃げるべきか。その判断を巡らせるシズクを前に、騎士は町の人々にも聞こえるようにだろうか、ひときわ大きな声で叫んだ。

「どうした、かかって来い！　貴様らの先祖はそうして死んだ！　さあどうした、誉れなのだろう？　誇りなのだろう？　ええ？」

「ぐ……！」

「倫理観も何もないくせに、いらぬ知恵ばかりつけるから亜人は危険なのだ！　よいか、我らは貴様らに『死ね』や『出ていけ』と言ったことなど一度としてない。ただただ、『他人の善意による行動を邪魔するな』と言い続けているだけなのだ」

なんだと、と。

その言葉すら口に出ないシズクに、構わず騎士は続ける。

「我らが善意をもって接した。貴様らがそれを拒んだ。だから戦になって貴様らが負けた。そうして歴史は紡がれてきたのだ。それすら理解できないから貴様らはそうして地を這《は》うのだと、なぜ未《いま》だに分からない？」

何を言う。

あれは領土をめぐる戦争だ。己の子が、孫が生きる場所を残すための戦いだ。だから父祖たちは誇り高く戦って死んだ。

それが、善意ある者とそれを理解すらできない獣の戦いだと。

シズクの喉を数多《あまた》の言葉が通ろうとして行き詰まる。あまりに異なる価値観、あまりに異なる認識を前に、シズクの声は何も発せない。

「お前らは、どうしてッ……！」

未来の為政者として。強き戦士《マージ》の跡を継いで狼人《ウエアウルフ》の長になるべき者として。

一族のために何か言わねばとするが、シズクの胸はつかえるばかりで何も出てこない。

ただただ睨みつけるシズクに、騎士はゆっくりと歩み寄った。

「何も言い返せまい。その知性があればこのようなことにはなっていないからな」

短槍《たんそう》を振りかぶる。濃緑色の薬液を滴らせる鋼の穂先がシズクに向く。その姿から、シズクはじっと目を逸《そ》らさない。

「やってみろ。喉笛に食らいついてやる」

「やはり現状が見えておらん。なんと愚かな」

嘆息し槍を振り下ろさんとする騎士の、しかしその頭に何かがぶち当たった。

「……むッ!?」

壺《つぼ》のようなそれはバリンと音を立てて割れ、中に満たされていた酒が辺りに飛び散った。

さらに二個、三個と飛来したそれを騎士は動じることもなく鎧《よろい》で受け止める。移した視線の先には女が一人。酒屋から身を乗り出し、抱えた酒壺を振りかぶるリノノの姿があった。

「ごちゃごちゃごちゃごちゃごちゃごちゃと……！　陰湿がすぎるんじゃないか銀ピカさんよ！」

酒屋のものを手当り次第に投げつけるリノノを、騎士は哀れなものを見る目で眺めている。

「亜人に情を抱いてしまう市民は、なぜこうも醜く野蛮なのか……。正しき理解、正しき知識こそが良き世を作るというのに」

「やめろリノノ、ボクらに構うな」

マージの感知スキルは強力だ。本当に絶体絶命となったなら、助けてと本気で叫べばきっと全てを投げ出して来てくれるとシズクは知っている。

「それをしないのはボクらの都合だ。リノノは関係ない。関係ないんだ」

「あたしが亜人に情？　良き世？　なーに言ってんだい」

ガッ、と店の棚に足をかけて腕を組む。膝は小さく震えているが、それを隠すように大声で言った。

「あたしはね！　ゲランとエルドロがその子を虐《いじ》めてるとこに五回ほど出くわして、うち五回無視して通り過ぎました！　命なんか張れるようなタマじゃーございやせん！」

「何を言い出すかと思えば」

騎士は短剣を抜き放つ。その鋭い切っ先に思わずビクリと身体《からだ》を震わせて、しかしリノノは「やれるもんならやってみろ」と啖呵《たんか》を切り返した。

「つまるところ、あたしも騎士さんらと同じ穴のなんとやらさ。理屈で言っちゃうとそういうことになる。でもま、そこは勢いで生きてきたリノノさんよ。こういうことも言えちまう」

リノノは再び壺を拾い上げ、大きく振りかぶった。

「細かいことは分かりゃしないが、あたしはあんたが気に食わない!!」

「……話にならん」

壺と短剣が当時に投擲《とうてき》された。速度差は歴然。殺傷力の差など問うに能《あた》わず。自分に当たりすらしない壺に騎士は目もくれようとしない。

一方のリノノは避けることもできず、自分めがけて飛んでくる短剣を「あー死んだわ」とでも言いたげに目で追っている。冷たい刃は狙いをあやまたずリノノの胸に迫る、が。

「ばかものおおおおおお!!」

床で転がされていたゲランが、その身体を突き飛ばした。

「いっつつ、おデコ打った」

「か、借りは返したからな！　これでさっきのはチャラだからな!!　そうだな!?」

「ゲランあんた、どんだけ貸し借りで痛い目見たんだい……」

「……くだらん庇《かば》い合いだな。まったく目先のことしか見えていない。ひと思いに死んでおけば来世に期待もできたものを」

その時、バチリ、と。

リノノたちのやり取りを冷めた目で見つめる騎士の横で、雷のような何かが弾《はじ》ける音がした。

そこにいるのは動けないはずのシズクのみ。よもやと目を落とした騎士が見たのは、最後にリノノが投げた酒壺と、その中身を傷口に浴びせたシズクの姿だった。

「む？」

「塗られた薬なら、洗えば少しは……!!」

まだ、戦える。マージの決闘を、戦士としての因縁を断ち切る時間を稼げる。王の信頼に応えられる。そう自分に言い聞かせるようにシズクは両腕を地面について力を籠《こ》めた。

【マナ活性度：k,6¥1,jl5-0】

「無駄だ。すでに回った量で十分にマナの活性は乱され、お前は動けない。暴走でもしようものなら五体がちぎれ飛ぶぞ」

【マナ活性度：7,4$6,^09】

「調べたくせに分かってないのか。狼人《ウェアウルフ》は、エンデミックスキル【装纏牙狼】は――」

【マナ活性度：33,301,470】

「誰かのために戦い続ける時、強く輝くんだ」

「立ち上が……ッ!?」

シズクの姿が消えた。一気に最高速度へと達したその身体は、街路の遥《はる》か彼方《かなた》で剣を振り上げていた騎士を一足に叩《たた》き伏せる。

「一人」

二人、三人。分厚い甲冑《かっちゅう》を薄布のように引き裂き、黄金色の軌跡が町を駆け巡ってゆく。

「尾が生えている、だと？」

騎士隊長が思わず呟《つぶや》く。シズク自前の亜麻色の尾ではない。それまでは存在しなかった黄金の狼尾《ろうび》が現れ、シズクの全身を包むマナと一体化してゆく。

未だ不完全。なれどその姿は、黄金の狼《おおかみ》そのものへと着実に近づいていた。

「あれは文献にあった狼の姿……いや、そんな馬鹿な！　エンデミックスキルは地精に依存するものだ！　実り豊かだったという時代ならいざ知らず、この痩せた草地のみとなった今もあれほどの出力を保てるわけが！」

「実らせたのさ、お前の知らない何かをね」

眼前。瞬きしたその刹那で距離を詰められたと、騎士隊長には気づく暇すらない。

それまでよりも鮮烈な牙が短槍もろとも鎧を噛《か》み砕いた。武器を犠牲に致命傷を免れた隊長は、無様に後ずさりながら町に散らばる騎士へと号令を発する。

「……ッ！　総員、あの狼人《ウエアウルフ》を」

「狼人《ウエアウルフ》の戦士よ立て！　いつまで寝ている気だ!!」

騎士の声をシズクが上塗りした。一七人の狼人《ウエアウルフ》が肩を貸し合って立ち上がり、武器を構え直す。一歩遅れて騎士も集合し隊形を整えた。互いに向かい合い、その一歩を踏み出す。

「狼人《ウエアウルフ》の誇りを、意地を、力を見せろ！　敵は前にしかいない!!」

「総員、吶喊《とっかん》！　敵は死に体の畜生どもに過ぎず、数の優位もまだ我らにあり！　一度にもみ潰せば終《しま》いだ！」

客観的な戦力差に騎士たちが勢いづく。しかしその意気を挫《くじ》くように女の声が割り込んだ。

「いいや、数はこっちが多いね」

リノノの言葉を証明するように。町の人々が、手に手に剣を、無いものは包丁や農具を携えて通りへと現れ始めていた。

予期せぬ出来事に騎士たちの動揺が馬へと伝わり、突撃の足が止まる。

「貴様ら、亜人と結託するというのか!?　どこまでも」

「どこまでも愚かって？　愚かで結構、おおいに結構。あたしらから言うことはひとつさ。……シズクちゃんよ、身勝手な話で悪いがあたしらにも一枚噛ませてもらっていいかい？」

「……好きにしろ。ボクはこの町が嫌いだけど、生き延びようとする者の邪魔立てはしない」

シズクの返答に「嫌われちゃってるね」と小さく笑い、リノノは壁に刺さった短剣を拾い上げて騎士へと向けた。

「あたしらはあんたらが気に食わねえ！　そうだな皆!!」

リノノの号令に、町中が気炎を上げた。

「キヌイを舐《な》めるな!!」

「うぅ……!?」

狼人《ウエアウルフ》と住民たちが大波のごとく騎士団に押し寄せる。騎士といえども物量差は埋め難く、一騎、また一騎と町の外へ逃げ出してゆく。

「逃がすか」

その背中に狙いを定めてシズクは足に力を籠める。逃げる一人を地面に叩き伏せ、隊長格の男を視界に捉えたが。

「ぐ……！」

ガクリ、とその膝が崩れた。

激しく動いたことで体内に残っていた毒が回ったか。頭でそう理解したところで体は言うことを聞かず、幾人かの捕虜を残して騎士たちは草原へと消えていった。

「か、勝ったぞ！　儂《わし》らの勝ちだ！」

「助かったぞおおおお!!」

住人たちが勝鬨《かちどき》を上げる中、シズクは未だ力の足りない自分を悔やんで空を仰ぐ。

「守るはずの住人に助けられていたら世話ない、よね。マージに任されたことはできたけど、こんなんじゃ……」

そんなシズクに、リノノは短剣を捨てると慌てて駆け寄った。

「シズクちゃん、大丈夫かい？　酒で洗ったんじゃ傷に滲《し》みたろうに……。他になかったんだ、ごめんよ」

「このくらいなんでもない。助かった」

「そんなに傷だらけでなんでもないわけないだろうに。せめてこれ以上毒の回らないように縛らないと。ちょっとゲラン、その紐《ひも》を返しな！」

「わ、ワタシの右腕を止血しているこれかね!?」

「それ以外に何があるんだい！　もともとあたしのもんなんだから黙ってよこしな！」

「これを解《ほど》いたらワタシが死んでしまうのだが!?」

切り落とされた右腕に使った紐は流石《さすが》に転用できまいと、近くにいた住人が差し出した包帯でリノノはシズクの手当を進めてゆく。

動けない身ではシズクも黙って手当されるしかないが、その目は町の北をじっと見つめていた。周囲の狼人《ウェアウルフ》たちも落ち着かない様子で同じ方角へと目を向けている。

「他の狼さんがたもこっち来な。まさかこんなにいっぱいいるとは思わなかったし聞きたいことは山ほどあるけど……。まずは傷が膿《う》まないようにするのが大事だよ」

「……部下が世話になる」

「部下！　はえー、これみんなシズクちゃんの部下なの！　出世してたんだねぇ。そりゃ気合入れて手当したげないと」

そうして一八人の手当がようやく一段落した頃。

シズクの見つめていた方角の空に、巨大な土柱が上がった。

「ッ!?」

思わず立ち上がり息を呑《の》む。遅れて届く轟音《ごうおん》。町の人々もぎょっとして空を見上げ、その猛烈な砂埃《すなぼこり》の量にどよめいた。

「な、なんだ？」

「領主様の軍隊が大砲を撃ったんだ！」

「大砲であんな土柱が立つものか！　それに方角も違う！」

「じゃあ、あんなものがどうやって……」

住人たちが口々に呟く中、その下にいるであろう人間を知る狼人《ウェアウルフ》たちは拳を固めて目を見合わせるばかりだった。

「マージ……！」

4．マージの戦

「マァァァジィイイイイイイァァァ!!」

「【阿修羅《あしゅら》の六腕】、起動」

　正面から向かってきたアルトラを不可視の豪腕が殴りつけた。顔面に拳を受けて地面に転がったアルトラは、腰の袋から濃緑色の丸薬を取り出し噛み砕く。あれで痛みを消しているらしい。

「ぐぅぅ!!　【剣聖】!!」

「【空間跳躍】、起動」

「がっ……!?」

　アルトラを上空へと転移した。重力に引かれるまま地面に激突し、アルトラの鼻から血が流れる。土と混ざってできた泥がその顔を汚している。

「嘘《うそ》だ!　オレが、負けるわケない!　嘘ダ!!」

　丸薬を鷲摑《わしづか》みにして口へ運び、なおも乱雑に飲み下す。

「があああ!!」

「【潜影無為】、起動」

「消え……」

「人間が消えるわけがない。見えなくなっただけだ」

メロから【熾《し》天使の恩恵】を回収した際、【隠密行動《おんみつ》】が吸収され進化したスキルだ。

動きの止まったアルトラの足を払い、倒れた背中を踏みつける。

「ガ、ア……！　テメェが！　オレを！　見下ろスナ!!」

アルトラの顔に手を翳《かざ》す。

「【技巧貸与《スキル・レンダー》】、起動。差し押さえを行う」

「差し……ッ！　ガアアアアア!!」

加速で強引に抜け出した。さらに丸薬を飲み下し、剣筋が無秩序な軌跡を描く。

脚の骨を砕くような切り返し。腕の破壊を厭《いと》わぬ剣速。あまりに破滅的な軌道で頭を狙ってきた神銀の剣は、【金剛結界】に阻まれ弾《はじ》き返された。

「アアアァァァッァアァッァアア!!」

「なんだ……？」

アルトラの様子がおかしい。

奴《やつ》は薬で痛みを消していただけのはず。なのに奴が濃緑色の丸薬を噛み砕く度、その速度と力が膨れ上がってゆく。痛くないから怖くないからで説明できる出力ではすでにない。

スキルの源となっているマナが、まさか暴走でもしているのか。あの薬のせいで。

「死ネ！　返セ!!　ジネエエエエエエエエエエエエエエエエエ！！」

「アルトラ、それ以上は」

「アア!!」

呼びかけたが、返ってきたのはもはや言語ですらない咆哮《ほうこう》だった。

「……吹き荒《すさ》べ『嵐風術《アイオロス》』」

風で砂塵《さじん》を巻き上げてアルトラから視界を奪う。この隙に奴から【剣聖】を差し押さえれば、全て終わりだ。

【ユニークスキルのスキルポイントを差し押さえ、債権額に充当します】
【差し押さえるスキルを選択してください】

「アルトラから【剣聖】を回収しろ」

【スキルが選択されました。処理を実行します】

あとはスキルの処理が完了し、スキルポイントが流れ込んでくれば全て終わり。

終わり、のはずだった。

【該当スキルが一時的な変質を起こしています。修正されるまで回収不可】
【該当スキルが一時的な変質を起こしています。修正されるまで回収不可】

【該当スキルが一時的な変質を起こしています。修正されるまで回収不可】

「そうか、あの薬でマナが乱されているのか。それで出力もあんな出鱈目《でたらめ》なことに」

「脳一撃壊死滅死死死返死死死返返返返死死返セァアツァアァァァァァァァアッァアァ!!」

「ああ、分かった。分かったよアルトラ」

砂嵐に身を裂かれながら、それでも向かってくるかつての仲間に語りかける。もとより殴り倒してスキルを奪えばそれで終わりだなんて簡単な因縁じゃない。

すでにゴーレムも破壊された。今、この場に立つのは二人のみ。

「もっとはっきりと決着をつけようじゃないか」

右手を、前へ。回転数を上げてゆく。

「【亜空断裂】、起動」

空間に無数の亀裂が走る中、アルトラはまた超速で範囲から逃れた。獣じみた直感と不規則な軌道、そして圧倒的な速度は広範囲の攻撃すら受け付けない。

「――『冥冰術《コキュートス》』」

空間一帯を凍結させる神代魔術。決して逃れることのできないはずの冷気を、しかしアルトラは片腕を凍らせながらも回転で制した。剣速を上げるという特性が回転速度に上乗

せされている。

勢いそのまま、剛剣士と呼ばれた男が一直線に俺の頸《くび》を打ち据えた。

「アアアアアアアア!!」

「【金剛結界】」

最硬を誇る結界に大振りの一撃を弾かれて、尚《なお》止まらない。

「ガァッァアァァァエエェェエッエッエエゼエエェエエェエッェェエッエエ!!」

金剛結界に包まれた俺をアルトラは剣で殴りつけ続ける。その目に理性はなく、しかししっかりと俺を捉えて離さない。指が裂け、爪が剝がれ、血を噴き出そうとも止まらない。過剰投与で痛みも恐怖も麻痺《まひ》したアルトラを止めるものなど、何も無い。

「……このまま壊れて死ぬのを待つのは簡単だがな」

その姿を見て、なぜか昔を思い出した。

俺とアルトラは、ユニークスキル発現者どうしの縁で出会った。当時から神童として注目の的だったアルトラと、不遇スキルと言われるばかりの俺。

対照的な立場ではあったが、アルトラの戦いを目にした俺は何気なく声をかけた。『それ、痛くはないのかい?』と。

当時の【剣聖】には今ほどの速度はなく、それであってもアルトラは全身に生傷を作りながら戦っていた。もしもこのまま速度が上がっていったなら。それでも彼が止まろうとしなかったなら。危惧した俺は、たまたま持っていた【鷹《たか》の目】を貸したのだ。

『褒美だ、オレのパーティで働かせてやる』

俺に選択権はなかった。周囲がそれを許さない。「お前如《ごと》きが断るのか」「お前のために言っているのだ」と言って逃さない。

次第に人間扱いすらされなくなる中、多くの魔物を倒し、クエストを達成し、そしてS級ダンジョンを――。

「――俺たちには俺たちにふさわしい決着がある。アルトラ、最後に攻略したダンジョンを覚えてるか」

スキル【空間跳躍】で距離を取る。即座にこちらの位置を把握して疾駆してくるが、十分だ。

「『魔の来たる深淵《しんえん》』は劇毒のダンジョンだった。お前らは不要と断じたが、俺は耐性スキルを用意した。毒を無効化する一七ものスキル群だ。今は俺の中で『薬』は通し『毒』は阻むように働き続けている」

右手を、翳す。

「さて」

アルトラの剣が眼前に迫る。それを【心眼駆動】で見切り、間近ですれ違うアルトラに問うた。

「その痛みを消す薬は、まだ『薬』か？」

この攻撃にスキル起動は必要ない。すでに起動してあるスキルの設定を、少し弄《いじ》るだけだから。

スキル【狂毒耐性】【痺毒《ひどく》耐性】ほか、俺を守っている耐毒スキル全ての効果範囲をアルトラまで『拡大』する。

「――【森羅万掌】。お前が飲み続けた痛みを消す薬、その全てを無効化する」

アルトラの動きが、ビタリと止まった。

「ア……？」

如何《いか》な傷を受けても手放さなかった神銀《ミスリル》の剣が落ちる。白銀の刃が地面に突き刺さると同時、アルトラの身体《からだ》が大きく痙攣《けいれん》した。

アンジェリーナを追うため、木に岩に身を打ち付けることも厭わず駆け抜けた『痛み』。

「あ、ア」

頑強なるゴーレムを破壊するため、腕がちぎれんばかりの剣撃を放った『痛み』。

「あギ、が」

空間を網羅する攻撃すら回避し、金剛の硬度を持つ結界を打ち続けた『痛み』。

「いぎゴ、げキ……？」

それは消えたわけではない。感じなかっただけだ。

今、その扉を封じていた錠《ドク》が破壊された。同時、アルトラの目に失なわれていた理性が戻る。

「マージ、お前、これは」

「これまで目を逸らしていた痛みを全て味わい、全てを理解する。それでこそ本当の決着だ」

「ま、待っ……」

アルトラの目に涙が浮かび、滝のような汗が噴き出すが。

「もう、遅い」

刹那。全ての痛みが、切創が、裂創が、酷使が、自ら刻んだ肉と骨の悲鳴が。

アルトラの全神経を引き裂いた。

「ア……」

「アアア

ア゙ア！！！」

喉が潰れるまで叫んだアルトラが膝から草原に崩れ落ちる。幾度も身を引き裂くような痛みを経て、しかし天が与えた強靭《きようじん》な肉体は絶命することを許さなかった。逃げ場もなく受け止めた痛みの総量はどれほどのものだったか、それは奴《やつ》のみぞ知ることだ。

【該当スキルの変質が修正されました。差し押さえ処理を再開しますか】

「ああ、頼む」

薬《ドク》の効果を打ち消したことでマナの乱れも正され、【剣聖】は元の姿を取り戻した。今こそそれを回収する。俺と『神銀の剣』との関係に終止符を打つ。

【処理を実行します】

債務者アルトラより【剣聖】を差し押さえました。

【剣聖】は【神刃／三明《サンミョウ》ノ剣《ツルギ》】へ進化しました。

【債務者アルトラの全スキルのポイントが下限の【-999,999,999】に到達しました。現時点で回収可能なスキルポイントは以上です】

【以後完済するまで、スキルポイントを獲得するごとに全額を自動で差し押さえます】


「終わりだな、アルトラ」

「ウ、ソ、だ……ウ……」

意識は残っているが立ち上がる力はもはやない。俺は地面に崩折れたままのアルトラに歩み寄ると、その襟を摑《つか》んだ。

アルトラとの決着はついた。これはマージ＝シウ個人としてやったこと。

狼人族《ウェアウルフ》の王としての仕事は、むしろこれからだ。

「喋《しゃべ》れるのなら、お前にはまだやってもらうことがある」

「え……？」

「【空間跳躍】、起動」

アルトラとともにまずはキヌイへ。町を襲った騎士団をシズクたちが撃退したことはすでに感知してある。中心部に降り立つと、シズクとリノノが驚いて後ずさった。

「マージ！」

「うわ、ビックリしたぁ!?」

見回した限りでは町そのものへの損害は少ないようだ。中心街には住人たちが集まっており、傷ついた狼人族《ウエアウルフ》が手当を受けている。

スキルだけでは把握しきれない情報はシズクに求める。

「シズク、状況は」

「騎士団は撃退した。一〇人の捕虜を捕らえ、狼人《ウエアウルフ》、住民ともに死者はなし。いや、けど、それはリノノたちが加勢してくれたおかげで……」

こと戦果について隠し事はできない様子のシズクだが。その加勢こそが敵を倒した数よりも大きな価値を持つことを、未熟なシズクはまだ十分に分かっていない。

「狼人《ウエアウルフ》族らしく戦えたか。他者のために力を使ったか」

「それ、は」

シズクが答える前に、横のリノノがその細い肩を掴んだ。

「見ての通りさマージさん。そうでなきゃ、安くもない包帯をこんなにグルグル巻いたりしないよ？」

「リノノ……」

「だ、そうだ。俺もシズクのおかげでケリをつけられた。ありがとう、よくやってくれた」

「……うん」

うつむきがちに、シズクは小さく頷《うなず》いた。

「詳しい話を聞きたいが……。戦はまだ終わってない。重傷者を治癒したらすぐに領主軍へ向かう」

「いいえ王よ、このまま行かれてください！」

俺の後ろから狼人《ウェアウルフ》たちが声を上げた。

「我らの傷はキヌイの方々が十分以上に手当してくださいました！」

「この傷と包帯を勲章として里へ持ち帰ること、どうかお許しください！」

家宝にしますと言い切った若い狼人《ウェアウルフ》の肩を、キヌイの住人が叩《たた》いた。

「いや狼《おおかみ》さん、包帯ってのは洗ってまた使うんだからね？　返しとくれよ？」

「えっ」

住人たちの間で笑いが起きる。つられて狼人《ウェアウルフ》たちも笑い出し、野戦病院のようだった町全体へと広がってゆく。

「……期待以上だ、シズク」

これだ。これを確かめたかったのだ。

戦闘が終わっていると分かっていても領主軍よりキヌイを優先したのは、『最悪から二番目』の懸念が拭えなかったからだ。それは騎士団がキヌイを襲うこと。その本当の危うさは騎士の手によって死者が出ること、ではない。

『キヌイ』は狼人族《ウエアウルフ》から奪った土地に建てられた町だ。

狼人族《ウエアウルフ》にとってはキヌイの民は先祖代々の敵。一方で、キヌイにとっても騎士団を引き寄せたのは狼人族《ウエアウルフ》なのだ。そんな両者の間で憎しみ合いが起こり、埋めがたい亀裂が入ってしまうこと。それこそが最も避けるべき悲劇であり、シズクに求められる最重要事項だった。シズクはそれを立派にやり遂げたのだ。

「本当によくやった」

「……うん」

戦士としてのあり方にこだわるシズクにはまだ実感できていないようだが、これから時間をかけて学んでくれるだろう。その時こそ彼女が為政者として殻を破る瞬間かもしれない。

「次は領主軍を止める。狼人族《ウエアウルフ》の王としての仕事だ。お前もついてこい」

「……！　はい、王よ！」

シズクとアルトラを伴って【空間跳躍】の座標を指定する。感知スキルで捉えたアンジェリーナのゴーレムはまだ健在であり、軍勢をしっかりと食い止めているのが見て取れた。

二人は自分の仕事を十分以上にこなした。次は、俺の番だ。

5.【神刃／三明《サンミヨウ》ノ剣《ツルギ》】

「壱号さんへのマナ供給を抑制。自己修復速度を低減し敵の攻撃を誘導するです。動きも『疲れたー』って感じで。そうですそうです」

　領主軍を足止めするゴーレムは大型三体に中型四体。樹上からそれらを操るアンジェリーナは戦場をじっと見つめながら、目まぐるしく変わる戦況へと対応している。

「修復時には敵の武装を吸収し戦力削減。弐号さんは参号さんと敵火砲の背後を脅かして弾薬の守備に人員を割かせるです。肆《し》号から漆《しち》号は……むぐぐ」

　アンジェリーナはあくまで学者。戦働きは畑違いである。その場その場の判断が的確であるためにゴーレムに不慣れな敵を翻弄してはいるが疲労の色は濃い。

「死なせないのは難しいなんて思ってたですが、軍隊《プロ》ってこんなに手強《てごわ》いです……!?」

　押せば引き、引けば押して来る。いくらかの損害を与えて足踏みさせようとしても、大振りの一撃は全て空を切ってまるで手応えがない。『指揮』というアンジェリーナにとって未知の力が大きく立ちはだかっていた。

「足元をゆるくされて【跳躍】も封じられてるですし……。指揮してるのは一体何者で……な、なんです、あれ？」

　互いに決定打に欠け、膠着《こうちゃく》状態にあった戦場。その南方で不意に立ち上がった土柱に全員の意識は奪われた。

大型ゴーレムの背丈を遥《はる》かに超える巨大な土埃《つちぼこり》は大砲などでは決してありえない。戦場は一時的に混乱状態へと陥っている。その方角にあるものを知るのはアンジェリーナのみ。

「……【技巧貸与《スキル・レンダー》】さん、そろそろ決着ですか」

アンジェリーナの頬を一筋の汗が伝った。万が一にもないとは思うが、勝負は水物ともいう。もしものことがあれば里を守るのは彼女のゴーレムをおいて他にない。

「皆、踏ん張るですよ」

両手に意識を集中しゴーレムに指示を飛ばす。その視界の隅を、何かが横切った。

「……です?」

◆◆◆

「【空間跳躍】、起動」

「あ、ちょっと、ワタシの腕だけでも治してから――」

ゲランが何か言いかけていたが、俺とシズク、アルトラの三人はキヌイから戦場へと一足に転移した。矢と砲弾と怒声が飛び交う中、俺たちの姿を認めたゴーレムたちが一斉に崩れ落ちる。アンジェリーナの「助かったです……」という声が聞こえた気がした。

「よくやったアンジェリーナ。あとで甘いものでも差し入れてやる」

「マージ、指示を」

アルトラを引き連れ、俺の後ろに控えるシズクへの指示はひとつ。

「ついてこい」

シズクを従え、歩みだす。敵軍の目が一斉にこちらに注がれた。

「敵……？」

「敵だ！」

「敵襲！　報告にあったマージ＝シウだ！」

ゴーレムを倒したと思ったか、勢いづいた敵は一斉にこちらへ押し寄せる。統率の取れた動きで見定める標的は先頭を往《ゆ》く指揮官《マージ》。

狼人族《ウエアウルフ》の長たる証《あかし》として預かった宝刀に手をかける。鯉口《こいぐち》を切るとちゃきりと小気味良い音がし、白刃が覗《のぞ》いた。そんな俺の背中に末尾のアルトラがぼそりと呟《つぶや》く。

「は、はは……相手は軍、軍隊だぜ……？　殺されちまえ……！」

返答はしない。事実として見せれば十分だ。自分が、自分のスキルがどこまで到達できたはずだったか、その目に焼き付けることになるだろう。

最後の一歩を踏み込むと同時、無数の剣槍《けんそう》が殺到した。

「――【神刃／三明《サンミヨウ》ノ剣《ツルギ》】」

抜き放つ。陽光を浴びた白刃が煌《きら》めくと同時、数多《あまた》の刃は俺をすり抜けるように虚空を切った。その全てが半ばで切り落とされ、ガシャガシャと音を立てて地面へと落下する。

「ぶ、武器が!?」

「なんだ!? すり抜けたように見えたぞ!?」

すり抜けたわけじゃない。鉄の刃は人間の身体《からだ》をすり抜けない。

「先に避けた。それだけだ」

一つ目の効果を確かめ、俺は宝刀を天に掲げた。

【神刃／三明ノ剣《サンミヨウツルギ》】の効果はあと二つ。これが有用なものであれば、【技巧貸与《スキル・レンダー》】はさらに強力なものとなる。

「――来い」

喚《よ》ぶ。それに応えて空に満ちるは白銀色の光。星の如《ごと》く輝くそれは、しかしひとつひとつが刀の姿をかたどってゆく。

天を光の刃が埋め尽くした。

「もとより、【剣聖】はどこか妙なスキルだった」

『足運びと剣速が速くなる』

非常にシンプルで、それゆえに強力ではある。だが長い時間をかけて他のコモンスキルを習得し強化していけば誰にでも近いことはできてしまう。

古代まで遡って魔術の知識を得られるだとか、死者を蘇生《そせい》できるだとか、際限なく、密度が増大するだとか。奇跡あるいは奇跡的な事象を引き起こす同格のユニークスキル群と比べると——実用性はともかく——特異性には著しく欠ける、そんなスキルだ。

「では、そもそも『速い』とはどういうことか、だ」

速さの真価は大きく二つに集約できる。

ひとつ、自分より先に動き出した相手を追い越せること。

ひとつ、同じ時間でより多くのことをこなせること。

「——【神刃／三明ノ剣《サンミョウツルギ》】」

起動した瞬間、『数瞬後の未来』が見えた。

襲い来る無数の刃が辿《たど》る軌道が手にとるように分かる。それは先読み、後の先、もしくは限定的な未来予知とでも呼ぶべき効果だった。

「ぶ、武器が!?」

「なんだ!?　すり抜けたように見えたぞ!?」

示されるままに身体と刀を運ぶだけで、敵の攻撃は全て空を切った。相手が如何《いか》に先手を打とうとも、それを予知すればこちらが先んじる。

「来い」

そして、もうひとつの真価はもうひとつの効果にある。

『自律思考する刃の召喚』

宝刀を模して形成されたマナの白刃が天を埋め尽くす。その刃は俺が自分で操る必要がない。使用者の命令を自分で判断し、自動で実行する忠実な兵士だ。

「──制圧せよ」

天より白銀の刃が降り注ぐ。五〇〇を超える兵士から武器を奪い鎧《よろい》を剝ぎ、その力を奪う。

「ひっ、なんだこれ！」

「剣が！　剣が勝手に！」

「た、隊長！　止められません！」

兵士の間に動揺が広がってゆく。それを叱咤《しった》するように隊長と呼ばれた男が声を上げた。

「ど、弩弓《どきゆう》隊を前へ押し出せ！　一斉に矢を射掛けて針山にしろ！」

「放て!!」

矢が黒い塊の如く飛来する。矢羽が空気を切り裂く音が重なり、竜の羽ばたきがごとく身体を震わす。だが、所詮は放物線を描くだけの単純な攻撃だ。

「撃ち落とせ」

それに対向するマナの刃は矢の群れを縦横無尽に蹂躙《じゆうりん》する。解体された矢がバラバラと降り注ぎ、兵士たちは頭上で起きたことを理解して恐慌状態へと陥った。矢が降れば敵は倒れる、というごく当たり前の常識が通用しない、その事実が彼らを恐怖と混乱で支配している。

こうなってしまえば『指揮』の力は及ばない。

「統率が保たれているのは……。あと二割、といったところか」

先手を打った相手に先んじ、一にて一〇を、一〇〇を、一〇〇〇を同時に制圧する力。

【剣聖】の速さの先、真髄は進化の先にあったのだ。

「あれ、が、【剣聖】……？」

「お前がいつか到達していた領域だ。……自分で捨てなければな」

「～～～～～～!!」

アルトラが唇を嚙《か》み締める。自分が握っていただろう星々の煌めきを、地面に這《は》いつくばったままじっと見つめている。

「縦列、開けい!!」

「……ん？」

未《いま》だ統率を保っていた兵士の列が割れた。その隙間から覗くのは鉄の砲口。

「砲撃よぉ――――――い！」

「装填完了！」

「照準よろし！」

この混乱の中にあって、素早く火砲がこちらを向いていた。

「よほど優秀な指揮官がトップにいるらしいな」

「撃ち方、始めぇ!!」

砲口が一斉に火を吹いた。

俺はともかく、後ろのアルトラに余波でも当たれば消し飛ぶだろう。

「シズク、任せる」

「──【装纏牙狼《ソウテンガロウ》】！」

黄金の狼《おおかみ》が駆け出した。砲弾を正面から噛み砕き、生じた爆炎を貫いて砲兵隊の頭上へ。

「うぇ、狼人《ウエアウルフ》!?」

「マージの邪魔をするな」

砲の車輪部分を破壊し、的確に無力化してゆく。

三人を相手に大砲を迷わず撃つ判断は悪くない。だが、兵士の列を割ったのはこちらにとっても好都合だ。これで、『道』ができた。

「接続開始」

宙を舞う刀はそれぞれが自律思考している。その思考は、当然に使用者と共有される。

「並列思考を実行。──【神眼駆動】【阿修羅《あしゅら》の六腕】【空間跳躍】【詠唱破却】【無尽の魔泉】【星霜】、起動」

戦列の裂け目に『道』を築く。

不可視の六腕が最後方までを一直線に切り開き、その両端に刃を突き立て兵士の侵入を拒む。氷でかたどるのは蛇龍の背を模した一本の橋だ。まばたき一つの間に現れた白龍の道に兵士たちの足が止まった。

その力と外観は見る人間を威圧する。もはや戦意を抱く者もなく、俺は『道』の先にいる人物へと目を向けた。この軍の最後方、最高指揮官の席にいる人物はただ一人。

この状況にあってなお堂々と動じない、この一帯を治める大領主。静まり返った戦場に俺の呼びかけがこだまする。

「アビーク公爵よ。不躾《ぶしつけ》ではあるが、『話し合い』の時間をいただけるか」

6．氷上の交渉

氷でかたどるは蛇龍の背を模した一本の橋。俺はその先にいる人物へと目を向けた。この状況にあってなお堂々と動じない、この一帯を治める大領主。

「アビーク公爵よ。不躾ではあるが、『話し合い』の時間をいただけるか」

最後方を固めていた近衛《このえ》兵が命を受けたか脇へと下がった。護《まも》られていたのは全身鎧に身を包んだ壮年の男。その姿に、背後のアルトラが怯《おび》えたように呟いた。

「アビーク公爵……」

出陣しているであろうことは旗印を聞いた時から分かっていたが、肖像画で見た姿よりも幾分か年老いているように見える。

公は立ち上がり、その歳《とし》に似合わぬ通る声で名乗りを上げた。

「私がアティラン＝アビークが長子にして現当主、イーシャバヌ＝アビークである。貴殿の名を聞こう」

「マージ＝シウだ。もはや隠し立てするまでもなく、狼人《ウエアウルフ》族の王を務めている」

俺の返答に全軍がどよめいた。「王だと」「領内で王を名乗るなど」「同格以上として渡り合うつもりか」などとささやく声が聞こえてくる中をシズクを伴って進む。やや遅れて両手を拘束されたアルトラが後に続いた。

やがて眼前までやってきて、アビーク公爵は俺よりも先にシズクへと目を向けた。

「……狼人族《ウエアウルフ》、それもエンデミックスキルを有した者がまだ残っていようとは」

シズクは何も言わない。長と長の会談で許しも得ずに口を開くほど子供ではない、と目が訴えている。

「彼女はかつて戦でこの地を追われた狼人族《ウエアウルフ》の末裔《まつえい》だ。ある場所に隠れ潜み、三代にわたって血を守ってきた里長《さとおさ》の娘にあたる」

「ならばかの狼王《ろうおう》の血筋か。その勇名は我が家にも語り継がれておる。して……その王の座を再び名乗るからには、反乱の意図ありと取ってよいのだな」

初手にして核心を突く問いに空気が張り詰める。これが反乱であるならば、アビーク公にはそれを鎮圧する権利と義務がある。いずれかが完全なる勝利を収めるまでは決して終わらない、そんな戦争が始まるだろう。

この人物から狼の隠れ里の存続を勝ち取ること。それが俺の為《な》すべき仕事だ。こうして対話の場を整えることこそ第一の関門だったが、それもあくまで出発点にすぎない。

シズクがちらと俺の目を見て小さく頷《うなず》く。俺はそれにゆっくりと頷き返して、アビーク公へ返答した。

「否。これは反乱ではない。決して反乱ではありえない」

「決して、と申すか。それは如何に」

「獣畜生に反乱は起こせないからだ」

シズクの身体《からだ》がビクリと震えた。人間ではない、そう言われて搾取された記憶が彼女にはある。それでもまっすぐと前を見据えるシズクの肩に手を添え、俺は言葉を継ぐ。

「この国には彼女たち亜人を人間として扱う法がない。言葉を解し文明を持つが、彼女らは人間ではなく獣。そう定めたのは貴家の本流たる王家と理解しているが、如何《いかが》か？」

そう、この国では亜人は人間ではない。少なくとも法律の上ではそうなっている。だからこそゲランはシズクから堂々と搾取できたし、騎士団は法に則《のっと》った措置として亜人とそれに与《くみ》するものを殺戮《さつりく》しているのだ。

果たして、アビーク公爵の返答は明快だった。

「然《しか》り、私もそれは承知の上。よってこの出撃は名目上、害獣駆除として行われるものだ」

「害獣とは？」

「読んで字の如《ごと》く、領民に害を為す獣のことだ」

「ではお答えいただきたい。彼女ら狼人《ウエアウルフ》が当地の領民にどのような害を及ぼした、あるいは及ぼそうとしたか？」

この問いは布石。返答如何《いかん》では一気に風向きが変わる。

「我が私兵が、狼人《ウエアウルフ》により殺害された疑いがある」

「……左様か」

かかった。

狼人族《ウエアウルフ》がベルマン隊殺しの疑いをかけられていることは想定通り。ゲランの件で出てきた傭兵《ようへい》は領民ではないし、ゲラン本人は——実質的には——無傷で終わったからだ。大義名分になるのが死者のいるベルマンの件なのは必然といえる。人間ならそんな疑いだけで処罰はできまいが、獣なら容易に駆除されるだろう。

だからこそアビーク公は疑いを根拠とした。それを、俺は逆に利用する。

「狼人《ウエアウルフ》はベルマン隊を殺害したゆえに駆除されると、その認識でよろしいか」

「立証責任などとは申すまいな。人と人ならいざ知らず、人が獣にそのような責任を持とうはずもない。無実と言うならば証《あかし》を立てよ」

「ベルマン小隊長以下三名ならば、我が里にて保護している。待遇は捕虜相当だ」

アビーク公爵の眉がピクリと動いた。

「……否、ベルマン隊は四名だ」

「メロ＝ブランデ嬢のみ脱走した。追跡したが捕らえられず、西方へと消えた。必要とあらばここにベルマン氏を連れてきて証言させよう」

そのような安易な嘘《うそ》もあるまいと思ったか、アビーク公爵は証拠を求めることはせず次の問いに移った。

「ブランデのみ死亡でなく『行方不明』と届け出させたのはそのためか。しかし死亡報告の出されたベルマン隊が、何故に狼人族《ウエアウルフ》の里にいる？」

「ベルマン隊が魔物を野に放ち、彼女たち狼人族《ウエアウルフ》の殺戮を試みたからだ。だから捕虜として拘束した」

　ざわ、と。

　周囲の空気が変わるのを感じた。兵士たちの目が小さなシズクに注がれているのを感じる。

「……魔物をか」

「領主《あなた》の私兵が領内で獣を発見し、危険とみて駆除する。それは認められるべきことだ。だが、その手段として魔物を野に放ったことはどう弁明なさるおつもりか？」

　魔物を野に放ったことも問題だが、もっとも重要な部分は別にある。そうしてまで駆除するに足るほどの害が狼人族《ウエアウルフ》にあるか、という点だ。

　兵士たちの間に懐疑的な目が生まれてゆく。その力を目にしたといってもシズクは小さな少女。そんな彼女を魔物に食わせて殺そうとしたという情報が、特に家族を持つ一般兵士には強く印象付けられる。

　これは問いだ。

　目の前の少女は、狼人族《ウエアウルフ》は、魔物よりも危険である。アビーク公爵はそう考えているのか。

　シズクを魔物に食わせてよいと答えるのか。

　それとも部下の過失を認め、それを安全に保護した相手を『害獣』として駆除するのか。

「……マージ＝シウといったな」

「ええ」

「そこにいるアルトラ殿の元部下と聞いて、どうやら侮り過ぎていたようだ。かの『神銀の剣』をS級たらしめていたのは無双の剣士でも光の聖女でもなかった。目立たず飾らず足蹴にされ、しかし粛々と知恵を巡らすスキル貸し。『お荷物マージ』こそが強さの真髄だったということか」

「アビーク公よ、返答を」

狼人族《ウエアウルフ》は魔物よりも危険であると。シズクを魔物に食わせてよいと、そう答えるのか。それとも部下の過失を認め、それを安全に保護した相手を『害獣』として駆除するのか。どちらと回答しても、兵士の士気か大義名分のどちらかは犠牲となる。『思慮深く、慈悲深く、そして寛容であること』を掲げる公爵にとってはどちらも欠かせないはずだ。

ふ、と。

返答を迫られているはずのアビーク公爵の身体から、どこか力が抜けたように見えた。

「返答の前に、ひとつ昔話をさせていただきたい」

「……昔話？」

「我がアビーク家の始祖は、王族であった」

「聞き及んでいる。時の第二王子が跡目争いを嫌って分家したと」

「それは半分のみ正しい。真の理由は亜人との戦争を巡る対立だったのだ」

アビーク公爵家は、戦争と伐採で荒れ地となったこの一帯を再興すべく王族を離れた。

そうコエさんに説明したことがあった。

だが仮にも第二王子ともあろう人物が、なぜそんな恵まれない土地に向かったのかは疑問だった。そういう事情ならば辻褄《つじつま》は合う。

「亜人をヒトとするか、しないか。ごく単純に言えばそういう対立であった」

「アビーク公爵家の始祖は前者だったと？」

「然り。そして敗れ、亜人が住んだこの地へと移り住んだが……。すでに亜人はほとんど残っていなかった」

亜人はおらず、国の方針は亜人を獣として扱う。領主といえど保護のしようもなかっただろう。

「私は三代目として、叶《かな》うなら貴殿のような人材ともに初代の意思を……」

「待たれよ」

俺は、公爵の言葉を遮った。

「初代の話はよく分かった。だが三代目である貴方《あなた》は、あくまで国に忠義を尽くす者のはず」

「何を……？」

他人の言葉を遮るものではないが、これは緊急措置だ。

俺の感知スキルがここに来てはならない人物を捉えた。

「何をされているアビーク公！　なぜ敵と悠長に会話などを!?」

「白鳳《はくほう》、騎士団か」

騎士団。亜人狩りを専門とする国家直属の武力組織。

白銀の鎧《よろい》を血と泥で汚し、一戦を交えたことをありありと窺《うかが》わせる騎兵隊が兵士を押しのけながらこちらへ踏み込んでくるところだった。

「如何したアビーク公！　今すぐにその腰の剣を抜き、目の前の害獣を切り捨てなされ！　それとも国是に歯向かうか!?」

「……騎士団といえど、ここは我が領地！　干渉は慎んでいただこう白鳳の！」

「干渉などめっそうもない。ただ、そうすることは国に従うことで、しないことは国に逆らうこと。私はそれを目で見て王家へ報告するのみ！」

隊長らしき男の言葉にアビーク公は拳を握る。こと亜人について騎士団は『正義』だ。正義とは国家であり、大貴族といえどそれに楯突《たてつ》くことは容易《たやす》くない。

「――【空間跳躍】、起動」

音を空気ごと飛ばし、秘密の会話をするための技術。以前、メロと話すために使った技を俺は公爵と繋《つな》いだ。

「公が出撃せざるをえなかった立場も、私は理解するつもりだ」

「……不思議な術を使う。理解と申すか」

交渉は脅迫ではない。相手にも相手の立場があり、それを考慮しなくては何も生まれない。

「戦が無ければ困る者もいる。それが政治だということくらいは分かっている」

軍人に限った話ではない。「亜人は我らに不利益しかもたらさぬ。賠償と死を！」というような強硬な主張をする派閥にとっても、支持を保つためにはガス抜きが必要となる。

アビーク公爵は無為な争いを好まない穏健派だ。故にこの地には長く戦が無かった。

そこに降って湧いたS級冒険者からの告発。亜人の反乱、哀れにも侵蝕《しんしょく》された宿場町。

一部の人間にとっては喉から手が出るほど欲しかった機会だろう。愚かと切って捨てるのは容易だが、そういった人間たちを無視しては統治が進まないのもまた事実。

「アビーク公は公爵家と領民を守れ。私も、いや、俺もそうする」

数瞬の思案。公爵は小さく頷き、再び声を張り上げた。

「騎士団よ、我らはこれより一度帰投する！　然るべき検討と準備の後に再度、野蛮なる亜人どもを撲滅するものとする！」

「な、何を？」

「全てはそこにいる、アルトラなる男が有りもせぬ反乱を煽《あお》り立てたために起きたことと判明した。さらに敵戦力は強大。敵のゴーレムを撃破するなど損害は与え、当方の被害は軽微だが……殲滅《せんめつ》することまでは叶わぬ」

毅然《きぜん》とした態度で述べる。大義名分の喪失、そして戦力の不足。撤退の理由としては鉄板ともいえる内容だった。

「なんと弱腰な！　亜人は今この時も領地を蝕《むしば》んでいるのですぞ!?」

「ならば逆に聞こう白鳳の。貴殿らは三六騎からなるはずだが、なぜそのように騎数が少ない？」

「そ、それは……」

「よもや、返り討ちにあったなどとは言うまいな？」

アビーク公の言葉に、隊長は言葉を詰まらせる。

「さらに聞こう白鳳の。その鎧の返り血は、真《まこと》に獣のものか？」

「は、反乱に与する者の血ですとも！」

俺とシズクは、そして彼自身は知っている。その血がゲランの、民のものであることを。

「反乱は無かったのだ。にも拘《かか》わらず我が民を傷つけ、さらにそれを積み上げようというのなら」

アビーク公は、両手を大きく広げて全軍を指し示した。

「アビーク領の精兵、七〇〇〇人が相手となろうぞ」

一四〇〇〇の目が騎士団に注がれる。一度は怯《ひる》んだ様子を見せた騎士団だったが、すぐに不遜な態度を取り戻した。

「ふ、ふん、大言壮語を」

騎士団の名が持つ力は『正義』。敵に回せばただでは済まないと誰もが知っている。兵士が自分たちと刃を交えるはずがないという驕《おご》りがあの余裕の根源だ。

ならばと俺は二人の会話に割り込む。

「騎士団の長よ。この娘に見覚えはあるな？　あるだろうな、つい先ほどのことだ」

「……貴様は！　い、いや、それがどうした」

「シズク、発言を許す。彼がキヌイで何をしたか教えてくれ」

シズクが俺の顔を見上げる。その瞳に炎が宿った。

「その男はキヌイの民を『正常化』せよと命じた。キヌイの宝石商リノノと穀物商ゲランがそれを聞き、実際に刃を向けられた！」

『正常化』という単語を知る兵士ばかりではない。だが、その意味は即座に共有されてゆく。

「皆殺し……？」

「そうだ、『正常化』ってのは住民を丸ごと殺すことだ」

「こ、子供や老人も区別なくか!?」

「丸ごとってのはそういうことだろ？」

恐怖、驚嘆、そして敵意。

七〇〇人の意思が渦巻き、融《と》け合い、ひとつの槍《やり》となって騎士団二六騎へと向けられた。

「せ、正常化とは！　更生を望めぬ者が不幸に陥ることのなきよう計らう有情の措置で
……！」

騎士の言葉を遮るように、タン、タン、タン、と足踏みする音がした。兵士の誰かが足で地面を踏み鳴らしている。

タン、タン、タンともう一人が加わった。

ガン、ガン、ガンと、まだ槍を手にしていた一〇人が石突で大地を叩《たた》きだした。

五〇人、一〇〇人、二〇〇人。

数が増えるにつれ、その音もドン、ドンと重低音に変わってゆく。

「う……！」

七〇〇人が大地を踏み鳴らす音が鳴り渡る。それは守るべき民を脅かす者への抗議。立ち去れ、さもなくば踏み潰す、そんな騎士団への声なき最後通牒《つうちょう》。

「そ、そうはいくものか！　我らは捕虜より情報を得て以来、狼人《ウエアウルフ》の根城を探し続けていたのだ！　それが実ろうかという今になってみすみす……！」

「……!!」

「ここは引くのだ、白凰の。こうなった兵士は私とて抑えきれる保証はないぞ」

隊長は今一度周囲を見渡し、唇を噛《か》んだ。

「……退却、退却だ。引け！」

「捕虜についてはキヌイから交換条件を送る。悪いようにはしないが、返答次第と心得ろ」

「ぐ、ぐ……！　承知した！」

一目散に駆けてゆく背中に兵士たちが歓声を上げる。

一人として殺さず、一人として死なずに勝った。彼らは家と家族と領民を守ることが務めの雇われ兵士。血で血を洗う戦場を望む者などそういないのだろう。

歓声に紛れるようにアビーク公爵は俺に語りかける。

「マージ＝シウよ。礼を言う」

「こちらこそ、理解に感謝する」

「貴殿は王と言ったな。狼人族《ウエアウルフ》を率いる王と」

「そうだ。この宝刀と首飾りがその証《あかし》。借りものではあるがな」

「そうか。貴殿ならば聡明《そうめい》な王であろうが……」

アビーク公は俺の目をじっと見つめる。領主の家に生まれ、この地を二十年にわたって治めた男の目が俺を見つめている。

「人を統べ、地を治めることは口で言うほど簡単ではない。民の意思は確かに貴殿とともにあるのか」

「ある。俺は全ての民から王位を授かった」

「力はあるのか。民を守る力は」

「ある。俺一人だけじゃない。狼人族《ウエアウルフ》の若者たちは屈強な戦士に育とうとしている」

今回、キヌイで本物の戦いも経験した。きっと先祖たちに劣らぬ戦士へと成長してゆくだろう。

「では、最も重要な問いだ。民に食わせるものはあるのか。人民を飢えさせる為政者を、天と地と人が許すことはない」

「………………。」

ある。そう言おうとして声が詰まった。

病に侵され、炎を上げて灰へ変わってゆく水田。出陣の直前に目にした光景が脳裏をよぎる。

もしもこのまま、一本の穂も出ることなく終わったら。里に待つのはダンジョンとともに枯れてゆく未来しかない。

だとしても、あると言うのが王の役目だ。

「あ……」

それを止《とど》めるように、俺の背後から声がした。

「マスター！」

「なんで、ここに」

ゴーレムに担がれた、傷だらけのコエさんが氷上にいた。

「……アビーク公、すまないが少しだけ時間をいただけるか」

「なんと美しい……！　いや、構わぬ。あまり猶予はないが」

「恩に着る」

了承を得てアビーク公に背を向ける。コエさんの白い足は泥で汚れていた。

「コエさんどうして、いや、どうやってここに？」

「ベルマンさんたちに手伝っていただいて山を越えました。途中でアンジェリーナさんにも出会って、このように」

ベルマン隊は独力で山を越えて里を発見した凄腕《すごうで》たちだ。彼らならばコエさんを連れ出すこともできるだろう。

「でも、なぜ」

「……なぜという質問に、実は私は答えを持たないのです。マスターが出陣してすぐ、里のかたがこれを見つけました」

コエさんの手には布に包まれた何かが大事そうに抱えられている。

「これがあっても戦況は何も変わらないでしょう。しかしアサギ様は言うのです。『上に立つ者は常に迷いの中にある。振り払って差し上げなさい』と。私もどうしてか、すぐにお見せしなくてはと思ってここまで参りました」

コエさんが布を開く。

「マスター、ご覧ください」

「……ああ、これは確かに何も変わらない。だが俺に必要だったものだ」

中には一株の青い稲が包まれていた。その葉と葉の間からは、小さな小さな、しかし確かな実りが顔を出していた。

「穂が、実ったのです」

7. 決裂

「穂が、実ったのです」

それは里にとって初めての実り。俺はコエさんから稲穂を受け取ると、それをアビーク公爵へと差し出した。

「この地はかつて豊かな森だったと聞く。しかし全てが奪われ、今や痩せた土地が残るのみとなってしまった。そんな故郷に実りを取り返すために狼人族《ウェアウルフ》は足掻《あが》いている」

アビーク公は稲穂をじっと見つめながら、俺の話に耳を傾ける。

「俺を王に選んだのはそういう民だ。泥水を啜《すす》ってでもこの地で生きると決めた者たちだ。俺は、そんな奪われた者たちの王になると決めている」

「奪われた者たちの王、か。貴殿の考えは分かった。しかし悔いを残さぬよう、一度だけ訊《き》こう」

「何か」

「私の部下となれ。爵位を与え、ゆくゆくは領土の半分を分け与えてもよい」

冗談や社交辞令ではないことは公爵の目で分かった。後ろでアルトラが「貴族に……!?」と呟《つぶや》いたが、俺にとっては今や選ぶまでもないこと。

「お断りする。貴族となれば亜人を守れないことは、貴方《あなた》自身が一番よく分かっているはず」

「……反論の余地もない。まったく、わずかばかり話したのみだというのに、十年来の知己と二十年来の宿敵を同時に得た気分だ」

「俺のような冒険者崩れには身に余る話なのは理解している。非礼は詫《わ》びるが、それは受けられない」

アビーク公爵は目を伏せ、深く息を吐く。

そうして再び上げた顔は、すでに国家と領土を守る統治者の顔だった。

「奪われた者たちの王よ。しかし民を治めるにはまだ一つ足りぬ」

「何が足りない？」

「これだ」

グシャ、と。

アビーク公は青い稲穂をその手で握り潰した。俺たちが目を奪われた一瞬、公は腰の剣を抜き放つ。目にも留まらぬ白刃はシズクの耳に切り込みを入れて止まった。

「……アビーク公は争いを好まない、か。争いができないとは確かに聞いていないな」

速い。スキルなしであれば現役冒険者のアルトラより剣速は上だ。

アビーク公は剣を収めることもせず全軍に通る声で宣言した。

「亜人とその首魁《しゆかい》よ、努々《ゆめゆめ》忘れるでない！　我らに一度でも牙を剝《む》くことあらば、アビーク領が誇る精兵が貴様らを滅ぼすであろう！」

『敵』だ。

アビーク公爵がそう言ったのが分かった。綺麗事《きれいごと》だけでは民はまとまらない。仇敵《きゅうてき》こそが困難に立ち向かえるだけの団結を生む。

自分たちは敵同士だ、憎み合ってこそ互いを守れる、と。

「ならば我らの返答はこれだ。――【神刃／三明ノ剣《サンミョウツルギ》】、起動」

アビーク公の剣を一閃《いっせん》にて叩き折った。そのまま踵《きびす》を返し、コエさんとシズクを伴って氷の道を歩み出す。

「お、オレは……？」

「言ったろう。まだやってもらうことがあると」

この戦の責任をとらせるために連れてきたアルトラはここに置いてゆく。公爵側で相応の裁きを受けさせるだろう。

去り際、背後から公爵の声がした。

「……私を無能と笑え。貴殿が三ヶ月で成したことを、私は二十年かけて果たせなかった」

「誰かを無能と笑い、自分が偉くなったと錯覚する。そうして堕落した結果がそこにいる男だ、公よ」

我々は何を間違えたのだろうか、と。

それが最後に聞こえた言葉だった。

◆◆◆

こうして狼《おおかみ》の隠れ里は領内で知るところとなった。今も正確な位置は秘匿され、キヌイを通じて物資や情報のやり取りが続いている。

そうして一ヶ月ほど経《た》った頃、里に珍客がやってきた。否、帰ってきたと言うべきか。

「あの～……」

「……ベルマン？」

アビーク公爵の私兵であり、捕虜として一時は里にいたベルマン隊の面々である。

三人は約定通りにアビーク公へと返還済みだ。死亡届も取り下げられて人間の世界へと帰ったはずの三人が、なぜかまた里の入口に立っていた。

「吾輩《わがはい》たちもここで暮らさせてもらうこととか、できたりせぬかなーなどと……」

腰の低いやら高いやらの態度に、里人に呼ばれて応対に出たアサギも戸惑っている。

「しかしベルマン、いやベルマン殿。諸君らには帰る家も職場もあるはずでは」

「……か」

「か？」

「帰れるわけがないだろう！　シズク嬢を魔物に食わせようとした外道として一躍注目の的だ！」

「……それはそうであろうな」

「抗議の声はまだいいのだ。過激な亜人撲滅派から、よくやった、もっとやれという投書が毎日毎日山のように……。吾輩は知らぬ間にとんでもない思想に染まりかけていたのだと痛感した……」

曰《いわ》く。シズクの里外での人気はそれなりに高いらしい。キヌイでの活躍と砲弾を嚙《か》み砕いた逸話が広まっているのだとか。

そんなシズクを虫の餌にしようとしたと言われる肩身の狭さは想像に難くない。父であるアサギも渋い顔をしている。

「うーむ、そう申されてもだな」

「いや、吾輩とて分かっている。全ては自業自得だ。生かしてもらっているだけでありがたい。だがここ以外に仕事もないのだ！　頼む！」

「いいじゃないか。『蒼《あお》のさいはて』の採掘員が足りなかったところだ」

「マージ殿？」

里の面々には返答しづらいと見て、俺が助け船を出した。

「だが当然、馬車馬のごとく働いてもらうぞ。いいな」

「む、無論だとも！　メロの遺志もまだ継ぎきれておらぬしな！」

そうして加わったベルマン隊。彼らは里外の詳しい情勢を持ち込んでくれた。

アビーク公爵は親亜人派として国から警戒されていたが、今回の件で亜人への対立を示したことで干渉を受けづらくなったという。

途中で撤退したことを白鳳《はくほう》騎士団が責め立てたところ、当の騎士団が手痛い損害を出していたことで戦力の大きさが証明されてかえって公爵の後押しになったとか。

「ようやく一段落、といったところですな」

話を聞き終えたアサギは壁に掲げられた額縁を見上げ、神妙な顔で呟く。

そこにはアビーク公爵が握り潰した稲穂が旗印のように収められていた。

「敵こそが最大の理解者とは、因果なものです」

「それで里が守れるなら構わないさ」

ベルマンによると公爵邸にもへし折られた家宝——あの剣は先祖伝来の品だったらしい——が飾られているという。いつか稲と剣が交わる日が来るのかは俺にもまだ分からない。

そうして、また半月ほどが過ぎた。

第5章

1．狼《おおかみ》たちの初穂

領主軍の侵攻と騎士団の事件より、ひと月と半分ほどが経った。

「ま、まだ駄目、かな？　ボクもう、限界で……」

「まだお預けだ」

ベルマンたちを改めて住人として加え、だいぶにぎやかになったこの頃。里はひとつの節目を迎えようとしている。

「ジェリ、そろそろ我慢できないです……」

「まだ駄目だ」

アンジェリーナもすっかり里の一員だ。『里の正確な位置を知ってしまって帰してもらえない』で学術院には通しているらしい。もちろんそんな強要はしていないが、彼女の知識とゴーレムには今も助けられている。

「マスター、身体《からだ》が熱くなる未知の感覚が……」

「まだ早い」

コエさんもここでの暮らしにだいぶ馴染《なじ》んできた。

住民にスキルを貸しては回収する作業も彼女に任せている。数は多いが「ナイフで柑橘《かんきつ》類《るい》を食べるよりよほど簡単です」と、目に汁を飛び込ませて泣きながら教えてくれた。

おかげでスキルポイント総量も着実に増えている。

内政的な面ではアサギが相変わらず忙しそうに駆け回る日々だ。

「マ、マージ殿、その、そろそろお許しをくださらぬか……？」

「よし」

そして今日。俺は里中の民が待ち望んだ命を発した。

「皆の衆、収穫だ!!」

ワッ、と歓声が上がった。

稲の栽培を試みて四ヶ月弱。晴天に恵まれたこの日、全ての狼人《ウェアウルフ》、人間、ゴーレムが一枚の水田を囲んでいた。

七枚の水田のうち出穂に至ったのは二枚。うち一枚は出た穂をほとんど虫に食われてしまったが、最後の一枚には垂れ下がるほどの穂が風に揺られて刈り取りを待っている。水田を囲む朱《あか》い花たちとの対比が美しい。

「黄金原《コガネバラ》、と呼ぶそうだ。黄金色に染まった草原という意味らしい」

「【装纏牙狼《ソウテンガロウ》】と同じ色だね」

「エンデミックスキルとの相性もいいかもしれないな」

この地が実りを取り戻し豊かになれば、土地のマナが充実しエンデミックスキルが強化されるのではないか。

その仮説を証明するように、出穂以降、シズクのスキルの出力は少しずつ上昇している。

「……行くか」

全員が揃《そろ》ったところで俺は黄金色の田に足を踏み入れた。すでに水は抜かれており、よく乾燥した稲は香ばしい香りを放っている。

「見よ、この里の初穂だ」

手にした鎌を振るい、最初の一束を刈り取った。それを高く掲げて成功を宣言すると里の民が喝采でもって応えてくれた。

俺の後にコエさん、アサギ、シズクと続き、それぞれ刈り取った束を感慨深げに見つめている。

「里の者全てに刈り取りの権利を与える。一本の鎌を順に使い、一束ずつ刈り取ってゆけ」

皆が子供のように今か今かと順番を待つ。その様子に、やっと少しだけ肩の力が抜けた。

「坂を登りきりましたね、マスター」

「ああ、まだ油断はできないけどな」

種籾《たねもみ》や農具の調達に尽力したシズクも、自分の里の生まれ変わった姿をじっと見つめている。

「マージ」

「どうした、シズク」

「正直に言うと、胸の奥で思ってたんだ。狼人《ウエアウルフ》が狩りでなく土から糧を得るなんて、それでいいのかって」

「なら、今はどうだ」

「生きることそのものが戦いなんだって分かってきた。命をかけた場で意味もなく手段を選《よ》り好みするのは、子供の駄々と変わらな……っとと？」

そんな話をしていたら、近くにいたゴーレムが俺たちを担ぎ上げた。

高い場所から見下ろした里には木と石の家屋が並び、その間を縫うように清涼な水路が走る。初めて飛び込んだ時の破壊され炎上する姿とは見違えるほどだった。

「偉い人はおめでたい席で辛気臭い話を始めるからだめです」

「全くその通りだな、アンジェリーナ。ところで君はこの結果をどう見る？」

「六枚の水田で失敗したことでかえって知見を得たです。来年は五割は成功させてみせます。その次は八割です」

「よし。引き続き頼む」

少なくとも再来年までは居座るつもりらしい。

「で、そんなことよりです。イネってどう食べるです？」

「アンジェリーナ殿。熟した実は『コメ』と呼ぶのだ」

文献を読み漁《あさ》っていたアサギが俺の代わりに答えてくれた。

「ほー、コメ。で、どう食べるです？」

「小麦と同じことは凡《およ》そできるとのこと。粉に挽《ひ》いてパンにする、練り固めて煮るなど。

中でも粒のまま炊くのが最も旨《うま》いとか」

「おー、まさに主食です」

里の姿に目を細めるアサギの回答にアンジェリーナがポンと手を叩《たた》いた。

主食の条件は様々だろうが、多彩な食べ方ができるというのは意外に侮れない点だろう。麦だって粥《かゆ》やパン、麺、パイなど多様な調理法がある。

「ただ炊くだけで毎日食べても飽きない、っていうのならいいんだがな」

「いくらなんでもそこまで都合のいい話はないです」

「そんな穀物があるなら是非お目にかかってみたいですな」

それもそうだとひとしきり笑い、俺は次の命令を発した。

「刈り取ったものをよく乾燥せよ。あとは臼を使って籾殻《もみがら》を外し、よく搗《つ》いて中身を取り出せば完成だ」

そして、また半月後。

試行錯誤に追われた一年目の稲作がついにその完成を見た。量も質も決して上等とは言えない出来であったが、それでも皆の目には一粒一粒が水晶のごとく輝いて見えている。

もったいぶる必要もない。俺はすぐさま指示を飛ばす。

「早速炊いて皆で試食だ！　ありったけの鍋を持ってこい！」

人の波が動き出し、一斉に皆の声が飛び交う。

「必要かと思いまして、ワインを用意しておきました。コメと合うかは分かりませんが……」

「流石《さすが》だコエさん。コメから酒が作れるというし量が穫《と》れるようになったら試してみよう」

「マージ、肉と山菜があったからこれも煮ていい!?」

「いいぞ、存分にやれ」

「ジェリが水路で育てたお魚も塩かけて焼くです！　一番大きいのは王様のですが二番はジェリのです！」

「アンジェリーナ殿、このめでたい日に塩だけで焼いた魚など……」

「ジェリの計算ではこれが最適解です！　一口だけあげますから『もっとください』って滂沱《ぼうだ》の涙を流すといいです！」

この里の住人はなんというか、食のこととなると人が変わる気がするなどと思いつつ。白く炊きあがったコメはツヤツヤと宝石のようで。湯気の立つそれを皆で頬張った時の感動は、きっと永く語り継がれることだろう。

「あの、ジェリ殿……」

「なんにも聞こえないです」

なお、コメに合わせる食材はアンジェリーナの塩焼き魚が圧倒的な支持を集めた。疑いの目を向けた者たちがアンジェリーナにひれ伏して分けてもらう羽目になったことも語り草である。

「ところで、マージ殿」

「どうしたアサギ」

すっかり日も落ちて宴もたけなわという頃、アサギが俺に耳打ちしてきた。

「このような日ではありますが、当日のうちにお耳に入れておきたく」

「……例の件で進展があったか」

領主軍と衝突した日、白鳳《はくほう》騎士団の隊長が去り際に言っていたことが俺は気にかかっていた。『捕虜から情報を得て狼人《ウエアウルフ》族の根城を探していた』と。アサギに調べさせていたのだが、折しも何かの結論が出たらしい。

「情報統制が厳しく難航したのですが、どうやら確からしいことが一つ」

「言ってみろ」

「騎士団に囚《とら》われているのは、かつて森でともに暮らしたドワーフ族の娘であるとのこと」

思わず腰の宝刀に目が行った。この名刀はドワーフの祖が打ったものと聞いている。その末裔《まつえい》が騎士団に囚われている？

「どうやら、まだまだ里の外にも仕事がありそうだな……」

星のまたたく空を見上げながら、俺はひとりごちた。

「それと、もう一点。アルトラたちのことですが……。アビーク公爵の手の者より知らせがございました」

ついでのように、アルトラたちの現状についてもアサギは聞かせてくれた――。

2. 【アルトラ側】人生最大のチャンス・去

冒険者ギルドはこの日、異様な怒気に包まれていた。たむろする冒険者たちの目は一人の男にじっと注がれている。

「へへ、へ……？　な、なんだよ皆？　久しぶりに会ったたってのに静かじゃねえか……？」

このギルドで筆頭であったパーティのリーダー、アルトラが半年ぶりに顔を出したのだ。どこかで片目を失い見違える姿になった、そんな彼に向けられる目はただただ冷たい。

「な、なあ、なんで黙ってるんだ？　英雄のご帰還だぜ？　忘れちゃいないよな、『魔の来たる深淵《しんえん》』を攻略したのは誰だった？」

「ダメにした、の間違いでしょ」

「へ？」

声を上げたのは、以前アルトラが自分を持ち上げさせるために雇ったあの少年だった。

「僕でも知ってる。この町は、飛び抜けて巨大な迷宮を攻略するために人が集まってできた町なんだ。『魔の来たる深淵』の攻略はギルドだけじゃない。町の悲願だったんだ」

「だ、だからそれをオレが……」

「お前が、ぜんぶ台無しにした」

少年が左を指差す。その先にはクエストが貼り出される掲示板。

以前は折り重なるように貼られていたクエストはほとんどなくなっていた。貼り出されているのは一枚の新聞記事のみ。

「どういうことだ……？」

「S級ダンジョンが攻略されれば町にも富と名声が入ってくる。それで別の土地に移ったり商売を始めたり、もっと豊かな新生活を始める。みんなそのつもりだったのに」

少年は掲示板に貼られていた記事を剝がして突き出した。

『S級冒険者、私怨による扇動』

『莫大《ばくだい》な賠償金』

『本人とギルドに請求へ』

『御披露目《おひろめ》での失態。過去の実績にも疑惑の目』

そんな見出しが踊っている。

「残ったのは仕事もない町と、町を出ていく金も名声もない人間だけだ。ぜんぶぜんぶ、アルトラのせいだ」

ギルドがダンジョン攻略のために存在する以上、そこに疑問符がつけば全てを失う。

ここに集まっているのはアルトラの行動で全てを奪われた者たちだった。

「その点、マージは立派だったってみんな言ってる。ダンジョンの生還者たちが残した記録をないがしろにせず調べて……。なのにアルトラはマージにあんな」

「……せえな」

「え？」

「うるせえな。テメェらだって同罪だろうが。マージの配分が減ってたこと、知らなかったとは言わせねえぞ」

ギルドの空気が張り詰める。構わずアルトラはまくしたてる。

「オレはあいつのせいで領主に捕まって、地下の石部屋で毎日毎日殴られて……何も知らねえって言っても喋《しゃべ》れって……。ようやく帰ってみたら自分のことは棚に上げた連中に説教されんのか!?　偽善者どもが!!」

数人の冒険者が聞くに堪えなく立ち上がった。

「アルトラ、貴様……！」

「まともな頭の人間なら、帰ってきたオレに慰めのひとつもあるべきだろうが！　違うか!?」

「そんなに歓迎して欲しいなら、してやるよ」

冒険者が次々と立ち上がり、アルトラを取り囲んでゆく。それが数十人に達してようやくアルトラの顔に焦りが浮かんだ。

「な、なんだよ。なんか言えよ、おい」

アルトラは知らない。

怒りが大きすぎる時、人間は言葉を失うということを。

「いでぇ……いでぇよ……」

　空が暗くなりだした頃、ようやくギルドから叩き出して『もらえた』アルトラは、半ば這《は》うように町を歩いていた。

　人通りは以前よりも目に見えてまばらになっている。そして道行く人はアルトラを無視するか石を投げるかのどちらかだった。

「金もねえし薬もねえし……クソ……」

　アルトラが扇動した今回の事件。

　生じた損害は大部分がアルトラとギルドへと請求された。S級冒険者として貯《た》め込んだ財産は没収され、残ったわずかな金も鎮痛剤へと全て消えた。

　行く宛も、金もない。当《あ》て所《ど》なく歩くアルトラを、不意に伸びた腕が暗い路地へと引きずり込んだ。

「もがっ⁉　な……⁉」

「久しぶりだな、アルトラ……！」

　アルトラにも一瞬誰だか分からなかった。ヒゲに覆われた顔、やせ細った身体《からだ》、みすぼらしい服装。

「ゴー、ドン……？」

「来い」

　アルトラを引きずり、路地の奥へ。そこには板切れを継ぎ合わせた家らしきものが建っていた。

「中を見ろ」

「な、なんだよ」

「見ろ」

言われるがままに中を覗《のぞ》き込む。そこには、痩せこけた顔でカビたパンをもそもそと齧《かじ》る娘の姿。その面影にもアルトラは覚えがあった。

「お前、エリアか……!?」

「……アルトラ?」

取られまいとしたのだろう、エリアはとっさにパンを隠した。そこに理知的な、あるいは平和にケーキをつつくかつての姿はない。

「アルトラ。お前がやらかしたせいで『神銀の剣』も財産を取り上げられてこのザマだ。何か言うことはないのか」

「……へえ」

「エリアは古代魔術を使ってたし見た目もよかった。解剖したがる奴《やつ》、ペットにしたがる奴、そんなのがわんさか湧いて出てここまで逃げてきたんだ。分かるか?」

ブルブルと身体を震わせるゴードン。そんな彼を前に、アルトラはくつくつと笑う。

「なんだ、エリアは売れるんじゃねえか。だったらさっさと金に換えちまえ」

「何だと!?」

「オレがなんとかしようと必死で努力してた間、のんきに引きこもってた奴が随分と偉そうだなァ？　ええ⁉」

ゴードンが、アルトラの首に手をかけた。

「貴様、どこまで、どこまで……！」

「が、は……！」

アルトラは思う。もうどうでもいいと。金もない、名誉もない、未来もない。生きていても仕方ないと。

しかし、首を締め付ける力は次第にゆるんでゆく。

「……誰も、おれと口をきいてくれないんだ。もう、誰も！」

「あ？」

「お前を殺したら、おれが話せる相手はこの世にエリア一人になっちまう……！」

「なんだ、そりゃ……？」

ドサリとアルトラを地面に落とし、ゴードンは拳を握りしめる。

「くそ、くそぉ……！」

しばしの沈黙。町が夜の闇に包まれてゆく中、灯《あか》りひとつない路地にはネズミが駆け回る音だけが響いている。

何もすることも、しなくてはならないこともない。

「なァ」

最初に口を開いたのはアルトラだった。

「ティーナ、探しに行かねえか」

「ティーナ？　あいつの行き先が分かるのか？」

「バカか？　分からねえから探すんだろうが」

ここに来る前、アルトラは保護を求めて聖堂へと立ち寄っていた。恵まれぬ者への愛を謳《うた》う聖堂はアルトラに門を開かず、代わりに得られたのは『ティーナは歌いながらふらりと出ていったまま帰ってこない』という情報のみ。

「探して、どうするんだ」

「さァ？」

「さあ、って」

再びの沈黙。次にそれを破ったのはエリアだった。

「疑問。路銀はどうするのか」

「さァ？」

「お前、いいかげんに」

「一応、あるかもしれないけどよ」

アルトラの口にした希望に、ゴードンとエリアの目が少しだけ上向いた。

「西の方の草原でよ。マージと戦ったんだ。その時に神銀《ミスリル》の剣を落として……そのまま終わった」

「それが残ってるってことか？」

「分かんね」

常識的に考えればすでに公爵かマージに回収されている。だが、その蜘蛛《くも》の糸よりも細いような可能性の他に縋《すが》れるものなどありはしなかった。

エリアがパンを懐にしまい、ゆっくりと立ち上がる。

「行く」

「……おれも、同じ目線の人間は多いほうがいい」

「もし無かったら、そのまま西の隣国まで逃げるか。……キヌイには寄れないけどよ」

翌日、三人の浮浪者が町を去った。西に向かった彼らが何かを得ることができたのか、できなかったのか。そしてどこへ行ったのか。

それを知る者は誰もいない。

◆◆◆

「キヌイでアルトラを見たという者はおりませんでした。少なくとも立ち寄ってはいないようです」

「そうか」

事の次第では死罪もありうるかと思ったが、さほどかからずにアルトラが釈放されていたと知って少し驚いた。公爵の計らいだろうか。

「それでマージ殿、その神銀の剣とやらを回収されたのですか？」

「俺は触ってない。賠償金の回収に躍起になった連中が回収したってところだろう」

「左様ですか。……追手は、かけますか？」

「いや、いい。放っておけ」

アサギの気遣いなのだろうが、俺にとってはもう過ぎた話だ。

「マスター、ここにいらっしゃったのですね」

「コエさん？　迎えに来てくれたのか」

帰りが遅いのを案じたか、コエさんが上着を持って来てくれた。時間も遅いし今日は切り上げる頃合いだなと、俺は立ち上がって服の砂を落とす。

「ご苦労だったアサギ。明日からまた忙しくなるが、よろしく頼むぞ」

「は、ごゆっくりお休みくださいませ」

「行こう、コエさん」

「はい、マスター。お供いたします」

夜空を見上げれば、星座が次第にその面子《メンツ》を代え始めていた。煌《きら》めく光の下をコエさんと連れ立って歩き出す。
皆と迎える最初の冬。どんな日々になるだろうと、これからに思いを馳《は》せながら。

了

あとがき

まずは本書をお手にとってくださったことに御礼申し上げます。作者の黄波戸井ショウリです。こう書いて『きわどいしょうり』と読みます。

前作『月50万もらっても生き甲斐《がい》のない隣のお姉さんに30万で雇われて「おかえり」って言うお仕事が楽しい』から一転してのファンタジーデビューとなりました。まだ勝手が分からず試行錯誤の日々ですが、現代日本が舞台の前作と違い、最終的にはしばき合いで物事が解決するのは分かりやすくて好きです。どうしてこうなった。

そんな本作もこうして刊行を迎えられました。小山ナオト先生作画のコミカライズ版も『ヤンマガWeb』で好評連載中とのこと、本当にありがとうございます。

さて、実は私、コミティアなどで本を頒布する同人作家だった時代がありまして。『ジュウジグン』というサークル名でファンタジーやSFを書いておりました。『獣耳軍』と書いて『ジュウジグン』です。獣耳の登場率一〇〇パーセントです。

その頃から獣耳のキャラにこだわっており、商業デビュー後も獣耳キャラが出る本を出したいと常々考えていたのですが、今回その夢が叶《かな》いました。それもこれも同人活動時代、前作、そして『小説家になろう』で応援してくださった皆様のおかげです。本作が長く続くシリーズとなるよう努めてまいりますので、どうぞよろしくお願い致します。

最後になりましたが、この場を借りまして本書の刊行に携わってくださった方々への謝辞を述べさせていただきたく思います。

前作三巻と同時発売となり、多大なるご苦労をおかけした担当編集のY様。創作論から健康管理までご指導くださった鷹山《たかやま》誠一師匠。そして何より本作をお読みくださった読者の皆様。心より感謝申し上げます。

またチーコ先生にも御礼申し上げます。ご多忙な中にも関わらずお引き受けくださり、どのキャラクターも魅力的かつ筆者のイメージ以上に仕上げていただきました。特に、画面の隅っこから濃厚な存在感を放つゴードン、最高に素晴らしいです。本当にありがとうございます。

また二巻でお会いできることを願って筆を擱《お》かせていただきます。外出の難しい昨今にあって、微力ながら皆様の生活の潤いとなれるよう研鑽《けんさん》を続けてまいります。

感想お待ちしております！　できればお手紙で次ページの宛先まで!!

作品のご感想、
ファンレターをお待ちしています

あて先

〒141-0031
東京都品川区西五反田 8-1-5 五反田光和ビル4階
オーバーラップ文庫編集部
「黄波戸井ショウリ」先生係／「チーコ」先生係

OVERLAP

技巧貸与《スキル・レンダー》のとりかえし 1
~トイチって最初に言ったよな?~

発　　行　2021年10月25日　初版第一刷発行

著　　者　黄波戸井ショウリ
発 行 者　永田勝治
発 行 所　株式会社オーバーラップ
〒141-0031　東京都品川区西五反田 8-1-5
校正・DTP　株式会社鷗来堂
印刷・製本　大日本印刷株式会社

Printed in Japan ISBN 978-4-8240-0015-6 C0193

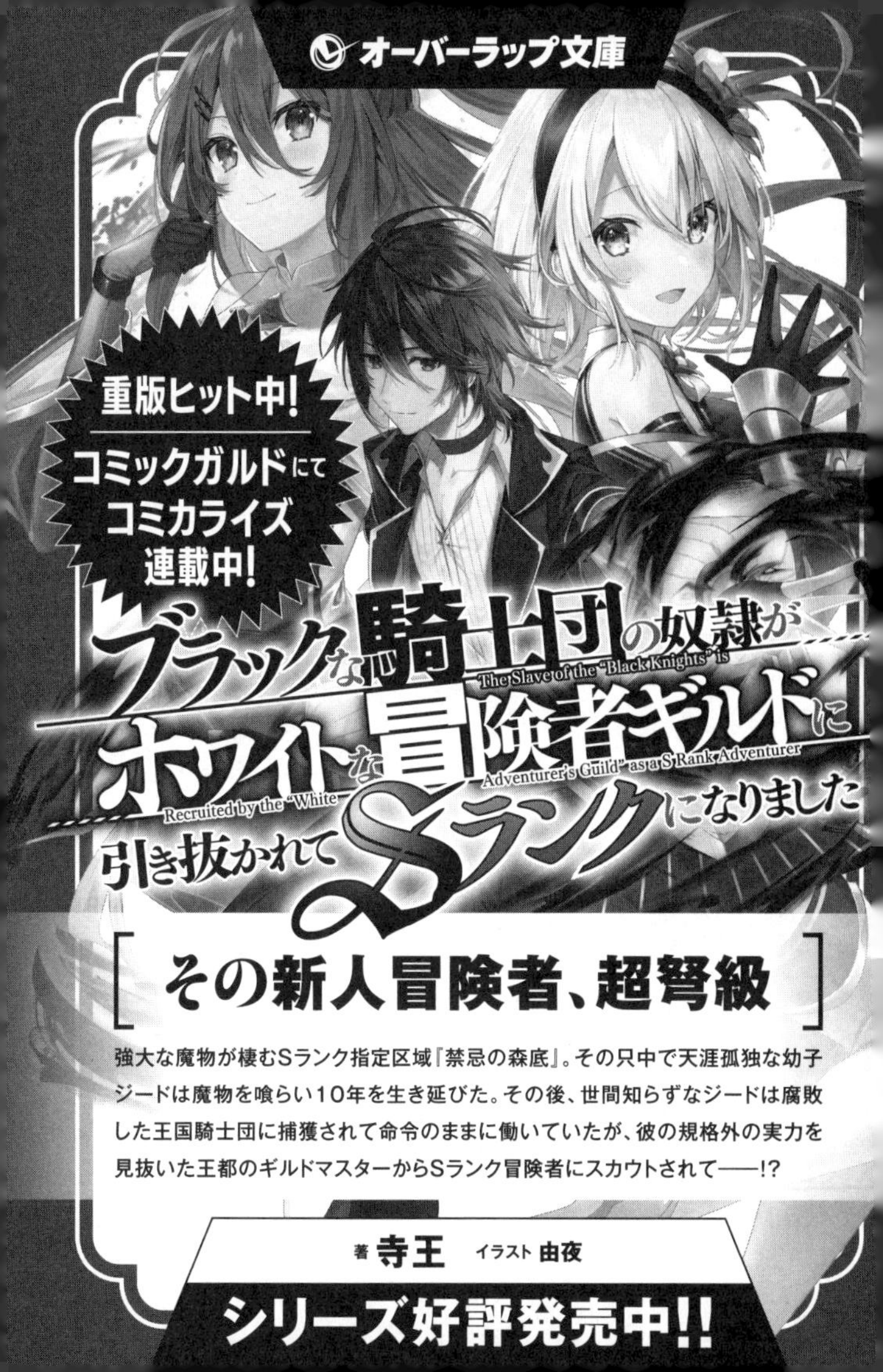
オーバーラップ文庫
重版ヒット中!
コミックガルドにて
コミカライズ
連載中!
ブラックな騎士団の奴隷がホワイトな冒険者ギルドに引き抜かれてSランクになりました
The Slave of the "Black Knights" is Recruited by the "White Adventurer's Guild" as a S Rank Adventurer
その新人冒険者、超弩級
強大な魔物が棲むSランク指定区域『禁忌の森底』。その只中で天涯孤独な幼子ジードは魔物を喰らい10年を生き延びた。その後、世間知らずなジードは腐敗した王国騎士団に捕獲されて命令のままに働いていたが、彼の規格外の実力を見抜いた王都のギルドマスターからSランク冒険者にスカウトされて――!?
著 寺王　イラスト 由夜
シリーズ好評発売中!!